古事記と小泉八雲

【日本人の原風景 I】

Kojiki and Lafcadio Hearn

edited by Masayuki Ikeda and Kazukiyo Takahashi

かまくら春秋社

日本人の原風景Ⅰ

古事記と小泉八雲

装丁／中村　聡

目次

はじめに

小泉八雲（ラフカディオ・ハーン）の『知られぬ日本の面影』（一八九四）は、その昔、明治時代の『出雲国風土記』といわれていたそうです。しかし、いま読みかえしてみますと、私は現代の『古事記』ではないかという気がします。出雲の『古事記』世界に私を誘ってくれたのは、八雲の『知られぬ日本の面影』にほかなりませんでした。

欧米人が古い日本文化に憧れを抱いてやって来るとき、今でも、この八雲の本を携えていることがあるそうです。日本人にとってのみならず、欧米の人々にとっても、『知られぬ日本の面影』が、今日でも『古事記』世界への道案内を果しているのです。八雲経由での欧米人の日本理解の伝統は、脈々と続いています。現在のように、私たちが『古事記』を楽しめるようにしてくれたのは、本居宣長のお陰といえますが、古代の『古事記』世界を現代にしかも世界に繋いでくれたのは、小泉八雲という存在をおいてほかにいないでしょう。

編著者の高橋一清さんは、出雲のことを「ほんとうの日本」（リアル　ジャパン）、「もうひとつの日本」とおっしゃっています。この地域には、たしかに現代の私たちが窺い知れぬ「古き佳き日本」が残っているといえます。

八雲の出雲への旅は「奥深い日本」（ディープ　ジャパン）の発見の旅にほかなりません。八雲はこの本の中で、私たちに「ほんとうの日本」、「奥深い日本」を探すための旅をすすめているのだと思います。

私たちはシリーズ「日本人の原風景」第一巻として、『古事記と小泉八雲』を世に問うことになりました。本書を通して、皆さんが神話世界に降り立ち、ご自分の内なる原風景を発見して下さることを願っております。

本書は、早稲田大学オープンカレッジで行われた二つの講座、「神々の国の首都・松江と小泉八雲」（松江市・社団法人松江観光協会提携講座、二〇一〇年十月）と「『古事記』と小泉八雲から日本の原風景をたどる」（神々の国しまね実行委員会提携講座、二〇一二年四月）から生まれました。本書の作成に当たっては、早稲田大学国際言語文化研究所の大場静枝、河野美里さんの協力を仰ぎました。編集はかまくら春秋社のお手をわずらわせ、カバー写真は出雲市在住の写真家、古川誠さんの作品を使わせていただきました。

出版に際しましては、関係者の皆様方のご厚意、ご尽力に感謝申し上げます。

平成二十五（二〇一三）年　春

池田雅之

出雲神話と出雲人

藤岡大拙

神々の国

「神国というのは、日本の尊称である。その神国のうちで、最も清浄な国は、出雲の国である。」「このように、出雲は、わけても神々の国であり、いまでもイザナギ、イザナミの子孫が、深くその宗祖を尊崇している、この民族の揺籃の地であるわけだが、（以下略）」と、ラフカディオ・ハーンは記しています（『日本瞥見記』上巻　第八章「杵築」平井呈一訳）。なぜ、出雲は「わけても神々の国」なのでしょうか。そのことを考えてみたいと思います。

まず第一に、神社が多いことです。天平五（七三三）年成立の『出雲国風土記』によれば、神社数は三九九社存在します。内訳は中央政府の神祇官に登録されている官社が一八四社、地方の国府にのみ登録されている国社が二一五社です。この神社数が他国に比べて多いか少ないか、それは他国の風土記が残っていないため、比較することができません。そのため、約二百年後に成立した『延喜式』の神名帳（九二七年）によらざるをえません。神名帳（神社リスト）によれば、一位は大和国で二八六社、二位、伊勢国二五三社、三位、出雲国一八七社、四位、但馬国一三一社、五位、山城国一二二社の順となります。

これを見れば、出雲は第三位です。大和は権力の所在地、伊勢は皇祖神を祀る伊勢神宮があります。このことを考えれば、大和・伊勢が一、二位に位置するのは当然と言えましょう。それに対し出雲は、山陰道の彼方に位置する僻遠の地ですが、そこに一八七社も存在することは、相対的にみて非常に多いと言っていいでしょう。
『出雲国風土記』に三九九社記載されていた神社が、二百年後の延喜式では一八七社、つまり二一二社減少していることについては、神名帳が風土記の官社のみを記載しているからだと思われます。大和や伊勢においても、国社は記載されなかったと思われますが、風土記の国社についてでは、出雲は他国に比べより多く存在していたのではないかとの見解もあり、もしそうだとすれば、奈良時代の三九九社は日本で最も多い神社数の可能性が高いのです。

第二に、神話が多いことです。『古事記』の上つ巻は神話編ですが、中身は高天原神話、出雲神話、日向神話の三部作です。なかでも出雲神話は分量的に多く、さらに『日本書紀』や『出雲国風土記』にも出雲神話は記載されており、これらを合わせれば、出雲神話は日本神話の三分の一以上を占めています。量的に多いというだけではありません。日本神話を代表する神話、たとえば国引き、黄泉の国、ヤマタノオロチ退治、稲羽（因幡）の素兎、国譲りなど、ほとんどが出雲神話です。まさに出雲は神話に彩られた神々の国といえます。

平凡な考古知見

　このように、華やかな神話を伝える出雲は、当然ながら、古代において繁栄していたに違いないと、誰しも思うでしょう。繁栄していたとなれば、それを物語る考古学的知見があるはずです。例えば、巨大な古墳、豪華な大刀《たち》や玉類といった副葬品などが存在していなければなりません。ところが、古代出雲の考古遺物は、さしたる物が見られませんでした。古墳にしても、堺市の大仙古墳（伝仁徳天皇陵）の四九〇メートル、岡山市の造山古墳の三五〇メートルなどの巨大古墳に対して、出雲最大の二子塚古墳（松江市）は約九四メートル、仁徳陵の五分の一に過ぎないのです。副葬品にしても、注目すべき豪華な物は少ない。こうして、華やかな神話の存在に対し、平凡な考古知見という大きな矛盾に、研究者は苦慮したのでした。

　この難問に明快な解答を与えたのは、大正から昭和前期にかけて活躍した早稲田大学教授津田左右吉です。彼の所論によれば、記紀や『出雲国風土記』に載る神話は、大和朝廷が自己の権力の正当性を主張するために作り上げた「机上の製作」であるとしました。つまり、記紀神話はもとより、『出雲国風土記』所載の神話までもが、中央権力の作ったフィクションだというのです。もしそうであるならば、日本神話は中央権力にとって都合のいい作り話であり、史的真実などまったく語られていないことになるでしょう。出雲神話がいかに多く伝えられようと、それらは出雲の歴史とは関係ないものなのだというわけです。
こうして、津田によって、華やかな神話の存在、それに対する平凡な考古知見という矛盾は、みごとに説明されたことになります。津田の所論は、戦後の歴史学にも大きな影響を与えました。

梅原猛氏の流竄《るざん》説

だが、仮に津田の言うように、出雲神話が大和王権の「机上の製作」だったとしても、なぜ、出雲がその受け皿になったのか、なぜ、出雲を舞台として語られているのか。それらについては明らかにされていないのです。この問題に大胆な仮説を提示したのは梅原氏でした。氏は昭和四十五年、雑誌『すばる』創刊号に、「神々の流竄」という論文を載せ、大略次のような論を開陳しました。

壬申の乱（六七二年）に勝利し、都を飛鳥の浄御原に遷した天武天皇は、専制体制を樹立するため、皇祖神としてのアマテラス大神の霊威性を高めるべく、伊勢の五十鈴川のほとりに伊勢神宮を造営し、その司祭者となった。「たしかに、伊勢に新しい神の根拠地が出来た。しかし、古い神々はまだ大和地方に蠢動していた。その神々が、大和の豪族どもと結びつき、いつ何時騒乱を起こすかもしれなかった。こういう神々を山陰の地に流す必要がある。私は、そういう神流しの場所として、出雲国杵築《きずき》の土地が選ばれたのではないかと思う。」「何故、出雲の土地が神流しの地に選ばれたか。昔から意宇《おう》の地は、熊野神社の社をもっていた。そして熊野神社は、スサノオを祭る出雲系の神社であった。それが、出雲に神流しの場所として選ばれた一つの理由であろうが、まだ多くの理由がそこにあろう。

つまり、スサノオは高天原での乱暴のために、出雲の地へ流された神です。梅原氏はそのスサノオが出雲の古社熊野大社に祭られていることを指摘するのです。それだけではないと彼は言います。「新しい神の根拠地は、伊勢である。それは東の地である。日の出の美しいところである。この東の方、伊勢に対し、神々の流罪の場所であるべきところは、正に西の方でなくてはならなかった。それは入り日の美しいところでなくてはならぬ。伊勢と出雲、それは日出づるところと日没するところの対立である。」

こうして、出雲神話の神々は、すべて大和の旧豪族が斎《いつき》まつる神々であり、スサノオもオオクニヌシもコトシロヌシも、すべて出雲と何の関係もない、大和の古い神々ということになってしまいました。出雲が何故、神話の舞台になったのか、という疑問に対し、一応の解答にはなっていますが、自身が記しているように、「率直にいえば、それは、あまりに未熟すぎる論文」（単行本『神々の流竄』自序）であり、論証の不備が目立つものであったと言えましょう。

荒神谷遺跡の発見

梅原氏の論文が発表されてから十五年目、単行本が出版されてから三年目、昭和五十九年七月、神庭荒神谷（出雲市斐川町）の奥部で、驚くべき発見がありました。大型農道の建設予定地での文化財調査によって、三五八本という驚愕的数量の銅剣（出雲銅剣）が発見されたのです。今まで青銅器が全く出土しなかった出雲の地から、全国出土総数約三百本をはるかに上回る銅剣が、整然と並べられて出土したのです。

さらに翌六十年、銅剣出土地点から右側七㍍の場所から、今度は銅矛一六本、銅鐸六個が、これまた整然として埋納されていたのです。銅矛の多さも驚きですが、もっと驚愕的なのは、武器型祭器の銅剣・銅矛と、鳴り物型祭器の銅鐸とが、同一地点から出土したことです。荒神谷の発見から三十年を経過しましたが、誰が埋めたか、何故埋めたか、何故きちんと並べて埋めてあるのか、何処で作ったのか等々の謎は、依然として謎のままです。現在、出土した青銅器は、三八〇個一括国宝に指定されました。

荒神谷の発見から十二年後、平成八年十月、荒神谷の南東わずか三・三キロの加茂町岩倉

山陰地方の弥生遺跡分布略図

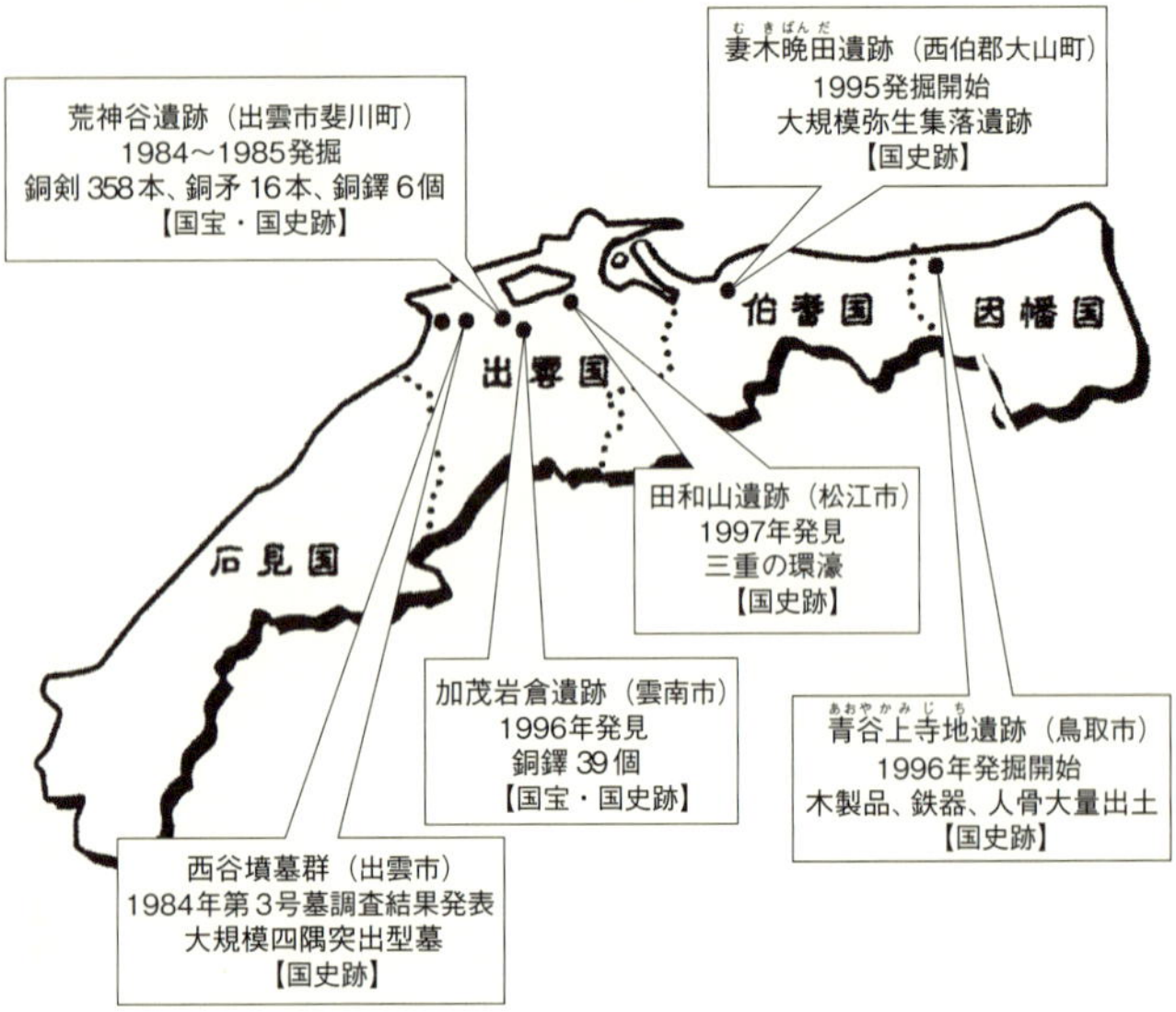

（雲南市）の道路造成現場から、三九個（国宝）の銅鐸が入れ子状で発見されました。この数量は滋賀県の大岩山遺跡（野洲市）の二四個をはるかに上回り、数量において日本一となりました。

荒神谷の発見以来、加茂岩倉をはじめ、次々と大規模な弥生の遺跡が発見されました。すなわち、四隅突出型墓で有名な西谷墳墓群（出雲市）、軍事施設遺跡と言われる田和山遺跡（松江市）、弥生の大規模集落跡である妻木晩田《むきばんだ》遺跡（米子市・大山町）、弥生の博物館と言われる青谷上寺地《あおやかみじち》遺跡などです。その結果、出雲を中心とする山陰地方が、弥生初期の日本列島において、最も先進的地域であったとする考えを否定する根拠はなくなったのです。

こうして、津田氏や梅原氏らが主張される根拠は崩れ去ったのです。出雲にはとてつもない考古遺産が存在することになりました。神話は単なるフィクションとして片づけるわけにはいかなくなったのです。原イツモ王権、荒神谷王権、オオクニヌシ王朝など、名称はともかく、弥生の出雲に、一定の政治勢力が存在したことを推定しても大過ないでしょう。

『出雲国風土記』の冒頭を飾る力強い国引き神話。そのダイナミックな叙事詩の原型は、弥生の出雲の繁栄を基礎に作り出されたものに違いありません。と同時に、このような古代出雲の繁栄があったればこそ、出雲神話が生み出されたと思います。したがって、記紀の神話といえども、そこに史的真実が潜んでいるのです。研究者はその真実を探り出さねばなりません。国引き神話から、新羅や北陸との交流を想定することは可能だし、記紀の国譲り神話から、大和勢力に征服される古代出雲の姿を思い描くこともゆるされるでしょう。その国引き神話を紹介してみましょう。

　意宇《おう》と号《なづ》くる所以《ゆえ》は、国引き坐《ま》しし八束水臣津野命《やつかみづおみづぬのみこと》、詔《の》りたまひしく、「八雲立つ出雲の国は、狭布の稚国《わかくに》なるかも。初国小《はつくにちさ》く作らせり。故《かれ》、作り縫はな」と詔りたまひて、「拷衾志羅紀《たくぶすましらき》の三埼《みさき》を、国の余《あまり》ありやと見れば、国の余あり」と詔りたまひて、童女《をとめ》の胸鉏《むねすき》取らして、大魚《おふを》の支太《きだ》（鰓）衝《つ》き別けて、波多須須支《はたすすき》穂振り別けて、三身《みつより》の綱打ち挂《か》けて、霜黒葛《しもつづら》闇耶闇耶《くるやくるや》（繰るや繰るや）に、河船《かわふね》の毛曾呂毛曾呂《もそろもそろ》に、「国来《くにこ》、国来《くにこ》」と引き来縫へる国は、去豆《こづ》の折絶《たえ》よりして、八穂米支豆支《やほしねきづき》（杵築）の御埼《みさき》なり。かくて堅《かた》め立てし加志《かし》（杭）は、石見国と出雲国との堺なる、名は佐比売《さひめ》山、是なり。亦、持ち引ける綱は、薗《その》の長浜、是なり。亦、「北門《きたど》の佐伎《さき》の国を、国の余ありやと見れば、国の余あり」と詔りたまひて、童女《をとめ》の胸鉏《むねすき》取らして、大魚《おふを》の支太衝《きだつ》き別けて、波多須須支《はたすすき》穂振り別けて、三身《みつより》の綱打ち挂《か》けて、霜黒葛闇耶闇耶《しもつづらくるやくるや》に河船《かわふね》の毛曾呂毛曾呂《もそろもそろ》に、「国来《くにこ》、国来《くにこ》」と引き来縫へる国は、多久《たく》の折絶《たえ》よりして、狭田《さだ》の国、是なり。亦、「北門《きたど》の良波《よなみ》の国を、国の余ありやと見れば、国の余あり」と詔りたまひて、童女《をとめ》の胸鉏《むねすき》取らして、大魚《おふを》の支太衝《きだつ》き別けて、波多須須支《はたすすき》振り別けて、三身《みつより》の綱打ち挂《か》けて、霜黒葛闇耶闇耶《しもつづらくるやくるや》に、河船の毛曾呂毛曾呂《もそろもそろ》に、「国来《くにこ》、国来《くにこ》」と引き来《き》縫へる国は、宇波《うなみ》の折絶《たえ》よりして、闇見《くらみ》の国、是なり。亦、「高志《こし》の都都《つつ》の三埼《みさき》を、国の余ありやと見れば、国の余あり」と詔りたまひて、童女《をとめ》の胸鉏《むねすき》取らして、大魚《おふを》の支太衝《きだつ》き別けて、波多須須《はたすす》支《き》穂振り別けて、三身《みつより》の綱打ち挂《か》けて、霜黒葛闇耶闇耶《しもつづらくるやくるや》に、河船の毛曾呂毛曾呂《もそろもそろ》に、「国来《くにこ》、国来《くにこ》」と引き来縫へる国は、三穂の埼なり。持ち引ける綱は、夜見島《よみのしま》なり。固堅《かた》め立てし加志《かし》は、伯耆国《ははきのくに》なる火神岳《ひのかみのたけ》、是なり。「今は国引き訖《を》へつ」と詔りたまひて、意宇杜《おうのもり》に御杖衝《みつえつ》き立てて「意恵《おえ》」と詔りたまひき。故《かれ》、意宇《おう》と云ふ。

〔謂はゆる意宇杜《おうのもり》は、郡家《ぐうけ》の東北の辺《ほとり》、田の中に在る塾《こやま》、是なり。周《めぐ》り八歩許《ばかり》、其の上に木ありて茂れり。〕

『修訂 出雲国風土記参究』加藤義成

四回にわたって土地を引き寄せ、島根半島部をつくり上げる。何と壮大な国造りのドラマでしょう。一節の抄訳を掲げてみたいと思います。

ヤツカミズオミツヌノ命が呟《つぶや》いた。
「出雲の国は出来たての狭い土地だ。神々は初めに小さく作り過ぎた。どれどれ、もう少し縫い足そう」
そこで、新羅の岬を眺めやり
「余った土地を見つけた」
と言って、
乙女の胸のように幅の広い鉏をとって
大きな魚の頭を切り裂くように
土地をぐさりと断ち切り
丈夫な綱をかけて
霜枯れの葛《かずら》をたぐり寄せるように

河船をモソロモソロと引くように
「国来い、国来い」
と引っぱって、縫い足した土地は
小津《こづ》の池溝から西の杵築の地
つなぎの杭は三瓶山
その引き綱は薗の長浜（以下略）

古代出雲の敗北

弥生前期に繁栄した古代出雲も、やがて衰退し、他の勢力によって征服されることになります。衰退の理由はいろいろあるでしょうが、恐らく朝鮮半島の政治情勢の変化によって、文物の流れが山陰方面から瀬戸内方面に変わったことと、深くかかわっていると思います。

まず、一世紀後半から三世紀にかけての時期に、吉備の勢力に支配されるようになりました。吉備勢力は特に出雲西部に進出し、駐留したと考えられます。遺跡から吉備型の土器等が出土するからです。吉備勢力の駐留がいつまで続いたのか明らかではありませんが、五世紀後半に吉備田狭《たさ》の反乱があり、これを吉備と大和との対立抗争と見れば、吉備駐留軍は大和勢力と戦うために、出雲から引き上げていったでしょうから、吉備軍の駐留は五世紀後半まで続いたものと思われます。

吉備軍が引き上げると、ダメージの比較的少ない出雲東部の豪族於宇《おう》氏が、西出雲を制圧し、出雲全域を統一したものと思われます。於宇氏は出雲氏と改称し、西出雲の豪族神門氏を擬制的に同族化し、統治の安定を図ったと思われます。いっぽう、瀬戸内海の制海権をめぐって対立した大和と吉備は、結局大和の勝利に終わりますが、大和勢力はやがて北進して出雲に進出しました。出雲勢力がどの程度反抗したか明らかではありませんが、記紀の国譲り神話から推定すると、ほとんど抵抗することなく軍門に降ったものとみられます。出雲が完全に大和王権の支配下に組み入れられるのは、六世紀半ばの頃と考えられます。

こうして、弥生前期に大いに繁栄した出雲は、大和王権の支配下に入って、敗北者の憂き目をみることになりました。その結果、出雲はどのような道を歩むことになったのでしょうか。

第一に、出雲の主宰神出雲大神（オオクニヌシ、オオアナムチ、オオナムヂ、オオナモチ、アシハラシコオ、ヤチホコ、ウツシクニタマ、オオクニタマなどの名あり）は、国譲りの結果、黄泉の国の支配者となりました。『日本書紀』国譲り一書第二によれば、高天原のタカミムスヒは使者のフツヌシを遣わして、オオアナムチに次のように伝えています。

「夫《そ》れ汝《いまし》が治《しら》す顕露《あらは》の事は、是吾孫《これすめみま》治すべし。汝は以て神事《かみのこと》を治すべし」

これに対しオオアナムチは、

「吾が治す顕露の事は、皇孫當《すめみまさ》に治《おさ》めたまふべし。吾は退《さ》りて、幽事《かくれたること》を治めむ」

と答えました。つまり、オオアナムチは従来支配していた顕露の世界（葦原中国、この場合出雲的世界）を天つ神に譲り、黄泉の国＝幽界を支配することになりました。それは一見、敗北のように思われますが、オオアナムチは「幽事を治める」ことによって、霊威力を増大させていったのです。そして、後世にいたるまで、出雲という宗教的世界の存在感を示す基礎となるのです。原武史氏が、「これまで多くの場合、出雲といえば、古代史の舞台として言及されてきた。だが、〈出雲〉とは、古代史ばかりでなく、幕末から明治維新を経て、昭和に至までの近代史にあっても、きわめて重要な役割を果たした思想的トポスだったのではないか」（同氏著『〈出雲〉という思想』）と述べておられるように、国譲り神話の内容（『日本書紀』国譲り一書第二）が近代にまで強く揺曳《ようえい》したのです。

第二に、霊威力を増した出雲大神は、大和王権に対し祟り神に転ずることです。『古事記』垂仁記によると、皇子ホムチワケは成人しても言葉を発しなかったが、それは出雲大神のせいでした。また、『日本書紀』斉明紀によると、斉明天皇五（六五九）年、犬が人の腕を揖夜《いや》神社の境内に噛み置きました。それは天皇の崩御の前兆だというので、出雲大社の修造を出雲国造に命じています。これも、出雲大神の祟りでしょう。ただし、大神の祟りは大和王権の権力者に対してだけの極めて限定的なもので、一般的には優しい神として受けとめられていました。

強固な鎖国体制

かつて日本列島で最も発展していた出雲が、やがて外部勢力によって征服されたとき、その衝撃は計り知れないものがありました。過去の繁栄が大きいほど、衝撃も大となります。その結果、出雲は強固な閉鎖社会を形成しました。そのことを示すものが出雲弁と言われる方言の存在です。出雲弁の特徴は、（一）独特の発音。ズウズウ弁ときつい訛（二）語彙が豊富（三）語り口がやわらかい、などの点をあげることができます。東日本から九州までの範囲で、ズウズウ弁を残すのは出雲だけです。隣国の石見、備後、伯耆東部などは、ズウズウ弁と全く無縁です。日本国語大辞典によると、「じ、じゅう」にあたる発音が「ズ・ズー」に聞こえ、かつ鼻音が特徴的な、東北地方などの方言の話し方を、ズウズウ弁だと規定しています。ズウズウ弁の発音は、古代日本語の発音と考えられます。律令制の及ばなかった東北地方は、中央の言語文化が到達せず、そのため古い発音が残ったものでありましょう。

これに対し、出雲弁は鼻音ではないが、明らかにズウズウ弁です。したがって、古代的発音の名残と言えましょう。出雲弁は、もとより東北弁の影響ではありません。東北地方と違って、大和王権に征服され、初期の段階から律令制に組み込まれていた出雲が、何故、まったく孤立的に、ズウズウ弁を残したのか。その理由を考えるとき、出雲が強固な閉鎖社会を形成し、中央から流れ来る言語文化を受容しなかった、と考える以外、理由を見出すことは困難です。つまり、それほど強固な閉鎖社会を構築していたと言えるでしょう。

敗北後の出雲

出雲は大和王権に支配されることにより、大略前述のような結果を得ました。これらが、その後の出雲の歴史に大きな影響を及ぼすことになるのです。再度言及するならば、重要なことは、オオクニヌシが『日本書紀』のなかで、「幽界の主宰者」に任じられたことです。オオクニヌシは国譲りにおいて、一見、敗北したようにみえますが、決してそうではなく、幽界の支配者として存在感を増し、中央権力の補完的立場から、常に伊勢と出雲という対極の構図の一方に位置づけられたのです。したがって、天皇の政治的権力が存在する限り、出雲の存在感は生き続け、前述のごとく、原武史氏は近代にも及んでいると説いています。

霊威性を増した出雲大神が、祟り神となることはすでに述べたところですが、奈良時代にしばらく鳴りをひそめていた大神が、平安時代になって再び活動を開始するように思われます。

それは、出雲大社の社殿建築にかかわることです。出雲大社は平安時代に入って、遷宮のたびに大きくなっていくように思われますが、十世紀後半になると、ついに日本最大の建物になります。すなわち、源為憲の『口遊《くちずさみ》』（九七〇年成立）のなかに、「大屋の誦《うた》」として、「雲太、和二、京三」という数え歌があります。出雲大社が最大、二番が大和の大仏殿、三番が京都の大極殿という意味です。当時の大仏殿が十五丈（四五メートル）でしたから、それよりも大きいということで、出雲大社は十六丈（四八メートル）とされています。鎌倉初期に、出雲大社に参詣した寂蓮法師は、余りの大きさに驚き、「出雲の大社に詣て見侍ければ、天雲たな引山のなかばまで、かたそぎ（片削ぎ）のみえけるなん、此世の事とも覚えざりける」（寂蓮法師集）と記しています。

十六丈の巨大な神殿は、当時としては極限的なものでした。そのため、以後連続して五回も倒壊するのです。出雲大社は何故、最大の大きさになったのか、何故、倒壊してもまた同じ規模のものを建て続けたのでしょうか。此の問題は、未だ明らかにされていません。そこで私見を述べておきたいと思います。

平安中期になると、律令制はおおいに衰退し、地方の治安が乱れ、平将門や藤原純友の乱などが続発します。対外的緊張が高まり、山陰沿岸には新羅や高麗の船が出没しました。特に寛仁三（一〇一九）年の刀伊《とい》（女真族）の入寇は、その残虐さにおいて中央政府を震駭《しんがい》させました。末法突入もまたこのころで、人々は怖れおののきました。そんな多事多難ななかで、平安政府は弱体化していきます。すると、中央の権力者たちは、オオクニヌシの祟り神としての霊威性を想起し、畏怖の念が増大していきます。そして、祟り神を慰撫するために、大神殿を建築しようとしたのではないでしょうか。

出雲人気質——大町桂月とラフカディオ・ハーン

出雲弁の存在が示すごとく、出雲は強固な閉鎖的社会を形成するのですが、そのため、極めて固定的な集落生活を行うようになりました。そのなかで、人々は閉鎖性の強い気質をつくりあげていきます。いわゆる、出雲人気質です。それは一口に言えば、保守的・消極的・排他的・依存的な気質です。

明治三十二（一八九九）年、簸川《ひのかわ》中学（後の杵築中学、現在の大杜高校）の教師として一年半ほど勤務した大町桂月《おおまちけいげつ》は、帰京後、『一蓑一笠《いっさいちりゅう》』（明治三十四年刊）を著しましたが、その中の一節、「出雲雑感」において、次のように述べています。

島根県下の小学教育は、他に比して優等の部にあり。中学教育も亦《また》他に譲らず。唯、柔弱《にゅうじゃく》にして陰険なりとの一語は、今の処出雲人の免《まぬが》る ゝ能《あた》はざる所るべし。江戸児《えどっこ》的気象はこれを出雲に見るべからず。寧《むし》ろ上方贅六《かみがたぜいろく》に近しといふべき乎《か》。廉恥《れんち》を重んずる風なく、然諾《ぜんだく》を重んぜず。其風俗は淫靡《いんび》なり。十五、六の少年も猶団子《だんご》買をなす。人情は軽佻《けいちょう》なり。情死するまでに情熱ある者を見ず。殺人罪を犯す迄に奸悪《かんあく》ならざる代りに、即ち悪に強からざる代りに、善にも強からず。義に勇む侠《きょう》骨《こつ》なし。人の前には猫の如くおとなしけれども、心底には誠意なく、唯ふはふはとして固く守る所あらず。小才子《こさいし》の気風には富めども男らしからず。私利を図るにさとくして、公共の心に乏し。概して言へば、小利口なれど誠意と熱情となし。このままにては、大人物は出でざるべし。

出雲人から見れば、桂月はずいぶん独断と偏見の持主のように思えるかもしれませんが、外部の目からみれば、かなり正鵠を射ているでしょう。彼が批判しているのは、出雲人のなかでも、特に自分が教えている簸川中学の生徒ですから、教育的見地に立って、かなり厳しい言葉を使っているように思われます。

ラフカディオ・ハーンは桂月より九年前、明治二十三（一八九〇）年に島根県尋常中学校（後の松江中学、現在の松江北高校）の英語教師として赴任しました。中学生と接した期間は、桂月とほぼ同じ一年三ヶ月ほどです。ハーンは桂月と違って、出雲人の中学生に対し、極めて好意的でした。彼の「英語教師の日記から」（『日本瞥見記』）を紹介してみましょう。ハーンの家を訪ねる生徒について、次のように書いています。

かれらはどんなばあいでも、迷惑になったり、札を失したり、おせっかいに出しゃばったり、おしゃべりになりすぎたり、そうした度を過ぎるようなことはけっしてしない。まず、この上もなく行き届いた折目の正しさ——フランス人さえ考えられないほどの——これは、かれらの生来の髪の毛の色、肌の色と同じように、出雲の少年に固有のものらしい。

明治二十四年の夏休みが終って、新学期が始まりました。ハーンは新顔の生徒たちが待つ教室に入り、彼らの顔を眺めまわします。

西洋人の顔にくらべると、いわば半分描きかけの、未完成のスケッチとしか見えないような、線のきわめて柔らかな、——喧嘩っ早いとも、はにかみやとも、あるいは突飛な性質、情の厚さ、好奇心、無頓着、そんなものは何一つ表わしていない。おっとりとした顔である。あるものは、いっぱし一人前の若僧になっているくせに、なんとも言えない子どもらしい初々《ういうい》しさと、率直さを持っている。人目に立つ顔もあれば、おもしろくもおかしくもない顔もある。なかには女みたいに美しい顔もある。しかし、総じてどれもみな、おっとりしているのが特徴で、ちょうど仏像の夢見るような穏やかさのように、円満なおちつきと柔和な静けさのなかには、愛憎の影すらない。

それにしても、桂月の批評となんと違うことでしょうか。この違いは、日本人と西欧人の違いか、出雲の中学生と接したときの、年齢の違いか(桂月は三十一、二歳、ハーンは四十一、二歳)、それとも性格の違いでしょうか。もちろん、そのような理由もあったでしょうが、要するに、二人の評価のポイントが根本的に違っていたのです。

たとえば、ハーンが、「おせっかいに出しゃばったり、おしゃべりになりすぎたり、そうした度を過ぎるようなことはけっしてしない」ことを、良しとしているのに、桂月はその点を、「人の前には猫の如くおとなしけれども、心底には誠意なく、唯ふはふはとして固く守るところあらず」と、厳しく批判するのです。どちらも当たっていると思います。気質の良い面を強調するか、悪い面を強調するかの違いかもしれません。

しかし、桂月の目線は、教育的ではあるが、どこか威圧感がただよっています。ハーンの目線は反対に、優しさがにじんでいます。同じ教育者でありながら、何故、違いが生ずるのか。それは彼らの生い立ちと深く関わっているように思われます。

大町桂月(一八六九―一九二五)は土佐藩の出身。第一高等中学から帝国大学国文科卒。旺盛な文筆活動で、詩人・随筆家・評論家の名をほしいままにします。特に硬派の評論で知られました。彼の胸中には、つねに明治維新の勝ち組、薩長土肥の出身者という勝者の意識があったに違いありません。

ラフカディオ・ハーン（一八五〇―一九〇四）は、幼少期のみを過ごしたとはいえ、身体にはアイルランドの血が流れていました。そのアイルランドは十二世紀以降、ヘンリー八世やクロムウエルらのイギリス権力によって、長くて過酷な植民地支配を受けてきました。アイルランド人と同じように、ハーンの胸中には敗者の意識が潜在していたと思われます。ですから、彼は虐げられたもの、差別されたもの、敗者の意識をもっているもの、そうした庶民に対する敏感な共感意識をもちあわせていました。彼が松江（旧出雲藩の藩庁所在地、島根縣の県庁所在地）にやってきて、わずか一年三ヶ月の滞在に過ぎなかったのに、その間に、深く広く日本文化を吸収摂取できたのはそのためでした。

ハーンの最高の傑作といってもいい『日本瞥見記』（通称『知られぬ日本の面影』）（平井呈一訳）を一読すれば、ハーンが松江を中心とする出雲地方の文化を基にして、素晴らしい日本文化論を展開しているのが分かります。その傑作は驚くべきことに、彼が松江の土を踏んでから、わずか四年で成立しているのです。もとより、妻セツや教頭西田千太郎の献身的なサポートがあったからですが、アイルランドの敗者の意識を潜在的に抱いているハーンにとって、古代の敗北を、信仰・文化・気質などのなかに揺曳している出雲という存在は、非常にわかりやすく、共鳴できるものでありました。いわば敗者の意識という陰の部分で、共通のトポス（立場）に立っていたのです。ハーンが出雲人のもつ欠点を、むしろ愛すべきものとして受けとめているのは、そのためでしょう。彼がもし、松江以外の他県の中学校に奉職していたら、『日本瞥見記』は、この世になかったか、あっても随分内容の違ったものになっていたでしょう。

おわりに

出雲は古代における敗北以来、極端な閉鎖社会を形成し、敗北意識とともに、古い日本文化（広い意味の）を温存し、伝えてきました。それ故に、出雲は日本の原風景となり、出雲方言は日本語のプロトタイプとなったと言っていいのではないでしょうか。

参考文献
『伊勢神宮と出雲大社』新谷尚紀著（講談社選書メチエ）
『出雲人』藤岡大拙著（ハーベスト出版）

私の『古事記』

岡野弘彦

古事記との出会い

私の生まれた村は伊勢の国が大和・伊賀と接しあう、三つの国の国境の山村で、村から流れ出て伊勢の一志平野をうるおす雲出《くもず》川の源流にあり、私が生まれた頃は三重県一志郡八幡村川上と言いました。今は津市美杉町川上という町名になりましたが、過疎の山村であることに変わりありません。

大和と伊勢神宮をつなぐ伊勢街道の脇道、間道に沿っている村で、私の家の祖先が中世の頃から神主をしていたらしい神社は、若宮八幡神社といって、雲出川の源流にある神社で、武神として北畠家や藤堂家の崇敬が篤かったようです。戦争になると多くの参拝者が旧藤堂領から祈願に集まりました。村からは三キロ離れた山奥で、神社と神主の私の家と茶店が一軒だけという離れ里で、道が狭く険しいので電気もなく自動車も登ってきません。ただ、幾つも峠を越えて参拝しにくる人々を泊めて参拝させ、帰してやる御師《おし》の家ですから、私の小学生の頃までは、両親のほかに何人かの女ご衆と男衆が居ました。幼い私には友達は一人も居ませんでしたが、大和の御杖《みつえ》村の神末《こうずえ》から来て祖父の代から居る「神末のお婆」と、男衆の「万さん」が、私に古い大和や伊勢・伊賀に伝わる昔話や伝説を聞かせてくれました。特に神末のお婆の話す、神の御代料《みつえしろ》の「倭媛《やまとひめ》さん」の物語や、仁徳天皇に逆《さか》らって大和から伊勢へのがれて来る途中、天皇の軍勢に捕らえられて大和の曽爾《そに》で殺される女鳥王《めとりのおおきみ》と、やっと伊勢平野までたどりついて雲出川のほとりの廬城《いおき》（後の家城）で殺された隼別王《はやぶさわけの》の悲劇は、家に近い場所にちなんだ伝承だけに、幼い私の胸に焼けつくように深い印象を刻みつけました。

ちょうど私が数え年五つになった頃、菊池寛の文芸春秋社から九十余冊におよぶ『小学生全集』が刊行され、父がそれを直接購入してくれました。早い配本の中に『日本建国童話集』つまり古事記物語がありました。表紙が埴輪の絵、扉の絵は「すくなびこな」の神が小舟で海を渡ってくる姿でした。

まだ小学校へ行く前ですが、遊び友達の一人も居ない私のために、母が平仮名をまず教えてくれました。『小学生全集』は漢字に総ルビがふってあって、全部読めましたし、漢字を覚えるのにも便利でした。大国主・山幸彦・佐保《さほ》彦と佐保姫・倭建命《やまとたけるのみこと》と弟橘姫《おとたちばなひめ》そして前から聞いていた隼別王と女鳥王の話など、身近な話ですからギリシャ神話やドイツの『ニーベルンゲンの歌』などよりも一層身にしみて読みました。

村の小学校へ行くようになって、一・二年生の間はどうしても村の子とうちとけられず、独りで空想したり、女先生の教えて下さるお遊戯の時間を、アンデルセン童話に出てくるお城の舞踏会と錯覚して、お遊戯が終わったとたん相手の女の子の額にキッスをして村中の大さわぎになったりしました。つまり村の児とは異文化の世界に生きていたのでした。

小学校を出ると伊勢市の皇學館大学の普通科（中学部）に入りました。一学年二十五名、全寮制で英語・数学の時間が少なく、その代り古典をみっちり教えこまれました。四年生の時の教科書に出てきた折口信夫博士の文章に引きつけられ、それが現代短歌のアンソロジーでなじんでいる歌人の釋迢空《しゃくちょうくう》であることを知り、普通科を卒業したら國學院大学でこの先生の学問と文学に深く触れてみたいと思って、一年間浪人して大阪のＹＭＣＡ予備校で英語の特訓を受け、國學院大学予科に入りました。

皇學館では三年から「古事記」「日本書紀」「万葉集」「祝詞作文」「作歌」などの時間が多く、他の中学のカリキュラムとはまったく違った教育でした。毎年の本居宣長の命日には山室山の神式の墓まで行軍して行って、桜の苗木を植え和歌を献じました。宣長の墓の少し下には、その没後の門人の平田篤胤の「なきがらはいづくの土となりぬとも魂《たま》は翁のもとにゆかなむ」の歌を刻んだ碑が立っています。少年の心にも、この師弟の間の心は美しいなあ、と思いました。

私の村から一番近い町といえば松坂です。本居宣長という人は少年の頃から身近な人でした。世襲の神主の家の長男に生まれるということは、生まれた時から一生の運命を約束されているようなところがありまして、両親から時につけ折につけて、そのことを心に摺り込まれます。古典に関する書物でも、『祝詞《のりと》講義』（鈴木重胤《しげたね》）、『日本書紀通釋《つうしゃく》』（飯田武卿）、『古事記伝』（本居宣長）、『万葉集古義』（鹿持雅澄）など代表的なものは揃っていて、殊に『古事記伝』

は中学生の時に読み通していました。

折口信夫の『古事記』

國學院の予科に入ったのは昭和十八年、戦局は切迫して秋には学徒出陣のあった年です。私も幸いに身体壮健でしたからまだ軍隊に招集される前でしたが、その翌年の春には陸軍特別操縦士官を志願しようと決心し、郷里の役場へ戸籍謄本を申請しました。村長が親類だったのですぐ親のところへ知らせが行き、父が上京して来て一晩寝ずに「死に急ぎするのではない」と説得します。名目はさりげないが実際は特攻隊要員です。戦況は本当に切迫していると思いました。その頃の私たちの心にあったのは、『古事記』の「倭健神話」です。この美しい国を、このやさしく豊かな文化伝統を、そして親・同胞《はらから》の命を守るためには、われわれが倭建になるべき時だと思いました。

國學院大学で行なわれた出陣学徒壮行会の席では、折口教授は「学問の道」という詩を作って、その詩の中で次のような言葉で私たちをさとしていました。

汝が千人《チタリ》　いくさに起《タ》たば、
学問は　こゝに廃《スタ》れむ。
汝《イマシウ》の千人の　一人
ひとりだに生きてしあらば、
国学は　やがて興らむ

世をあげて「若者は今こそ君国のためにその命をささげよ」と迫っている時に、こんな博《ひろ》くあたたかい言葉が聞けるとは思いませんでした。それだけに、一層いまをおいて死ぬべき時はないというような、さし迫った思いにかりたてられるのでした。

徹夜で語り明かした明け方になって父親が、「これだけ言ってもお前が特別操縦士官を志願して死に急ぐのなら、俺はお前を勘当する。もう親でも子でもないと思え」と言いました。これにははっと胸を衝かれました。

『古事記』の中で倭建命が父の景行天皇から三度目の難題、東国を平定して来いと命じられ、伊勢の斎宮をしている叔母の倭姫をたずねて次のように歎いたと伝えています。

「天皇、既《はや》く吾を死ぬと思ほすか。いかなれか西の方《かた》の悪《まつろ》はぬ人どもを撃《と》りに遣して、返り参りのぼり来し間《ほど》、幾時《いくだ》もあらねば、軍衆《いくさびと》どもをも賜はずて、今更に東方《ひむかしのかた》十二道の悪人《まつろわぬひとどもを》平《ことむけ》に遣《つかはす》らむ。これに因《よ》りおもへば、猶《なほ》吾既《はやく》死ねと思ほしめすなり」と申して、患ひ泣き罷《まか》ります時に、倭比売命草那《くさな》藝剣《ぎのたち》を賜ひ、また御《み》嚢《ふくろ》を賜ひて、若し急《とみ》の事あらばこの嚢の口を解《と》きたまへとなものりたまひける。

宣長は『古事記伝』に右のように読んだのち、更に彼自身の思いを記しています。

「さばかり武勇《タケ》く坐《マス》皇子の、如比《カク》申し給へる御心のほどを思ひ度《ハカ》り奉るに、いと〳〵悲哀《カナ》しき御語にぞありける」

私は特攻要員を志願しようとして、どうしても止め切れないと思う父に、思い屈して「それならもう親でも子でもない」と言わせてしまった。熱いものが胸に衝きあげてきました。

昭和十九年六月から、私ども予科二年生全員は愛知県豊川の海軍工廠《こうしょう》へ集団移動を命じられ、兵器増産のために重労働に服しました。その工廠は戦艦「大和」「武蔵」の装備をはじめ海軍の兵器を作る工員七万の工場で、その年の六月にマリアナ沖海戦で大敗北を喫した海軍少将が工廠長に赴任してきて、「このままでは日本は負ける。昼も夜もない兵器の大増産を」と悲壮な告白をしました。

徴兵検査で甲種であった私は、六ヶ月の鍛造工場の労働でどんな過酷な状況にも耐えられる体になって、昭和二十年一月、軍隊に入りました。

大阪の布施市の女子大学を兵舎に借りた部隊で、初年兵教育を受け、四月に私の所属する大隊は軍用列車で茨城県へ移動中、東京の巣鴨と大塚の間でB-29の大空襲を受け、列車は全焼、私は東京の地理を幾らか知っているということで残されて、数日間焼跡に散乱している兵や軍馬、市民の死体を整理し消却する仕事に当たりました。

六日ほど遅れて大隊本部のある鉾田中学の校庭に入ってゆくと、校庭の桜が満開で花びらが全身に降りかかりました。その時、厚いラシャの服地にしみこんでいた死体の脂のにおいがむっと鼻を衝きました。ああ、俺は一匹の修羅だ、と思いました。そして、おそらく俺は一生、桜を美しいなどとは思わないだろうという気持が心を突きあげてきました。

すさまじくひと木の桜ふぶくゆゑ身は冷えびえとなりて立ちをり

敗戦と『古事記』

敗戦後一ヶ月余り、小隊の残務整理などをした後、家へ帰りましたが、一晩寝ただけで旅に出ました。湿気の多い壕に寝て、海岸に上陸してきた敵戦車のキャタピラの下に爆弾を抱いてとび込む、みじめな自爆の訓練ばかりしていたのが、敗戦になって一月ほどで世の大人たちは掌を返すように、民主主義だのピースだのと言い始めていました。もの心ついた時から戦中派で育ってきた私など、どうしても器用に心を切りかえることができず、まず伊勢神宮へ行き、その変りない静けさに失望して、紀伊半島の東側を伊勢・志摩・熊野と熊野本宮まで半月ほどかけて歩きました。

それは『古事記』に神武天皇が難破からすぐ大和に入ることができず、熊野の苦難を耐えて吉野に至り、後の万葉集の大海人皇子が歌ったと伝える古歌にあるように、「よき人のよしとよく見てよしと言ひし吉野よく見よよき人よきみ」というふうな祝福を得て、神武天皇もまた大和を領有する力を得たろうと私は思っていて、その地を旅して敗戦の後のむなしさを鎮めようと思ったのでした。これも『古事記』の旅と言えます。

家を出る時に母が持たせてくれた蕎麦粉を海水で練って食べながら、階級章を剥がした軍服を着たままのみじめな旅でしたが、私は心にそれなりのものを得て帰りました。

十月、東京へ出て、折口教授や武田祐吉教授の講義、折口先生指導の短歌会「鳥船」の会に入れてもらって、本気になって短歌を作り始めました。そして昭和二十一年の春休み、一月ほどかけて伊勢の家から室生寺・長谷寺を経て飛鳥、さらに山城を北へ通り抜けて近江まで旅しました。これも『古事記』の旅と言えましょう。

飛鳥では古代の宗教裁判ともいうべき「盟神探湯《くがたち》」のあった甘樫《あまかし》の丘の印象が強烈でした。

今はあの丘は明るく開けてしまって、自動車でも上れるような（実際は禁じられていますが）道がつき、飛鳥を展望するのによい丘ですが、私の登った時は鬱蒼《うっそう》とした森で、そこに大直日《おおなおび》の神・神直日《かむなおび》の神、大凶津日《おおまがつひ》の神、八十禍津日《やそまがつひ》の神の四柱を祀って、家々の伝承の曲直を正したという恐ろしい場所です。外地へは行かなかったものの、敗戦の日までひたすら生肌断《いきはだた》ち、死肌断《しにはだた》ちの罪を犯す訓練ばかりつづけてきた若者は、暗い森の中で肌のひきしまるような身の罪の重さを思わずには居られませんでした。

その後、教師となって、いったい何回となく屈託もない戦いを知らぬ学生を連れてあの丘に登ったことでしょう。でもそのたびに、体の奥にかすかな疼きのように残っている心の痛みを思い出します。

この旅は近江まで行って、やっと心の鎮まりを得て終ったのです。それは『万葉集』巻一の二十九番歌、「近江の荒れたる都を過ぐる時の柿本人麻呂作歌」や、近江を詠んだ高市黒人の嘆きの歌、また近江を悲しむ平家の薄幸の公達平忠度《ただのり》の悲歌「さざなみや志賀の都は荒れにしを昔ながらの山桜かな」の一首、さらには芭蕉の「行く春を近江の人と惜しみける」にまで流れる、壬申の乱によってほろびていった人々の悲しみを、時代が違い人が代わっても歌いつぎ、魂を鎮めつづけてゆく日本人の心意伝承の深さに、やっと私が思い至ることができたからでした。

ちょうどその頃、文学の評論の上では第二芸術論が大変な勢いで戦争に加担した文学ということで、俳句・短歌の上に厳しい批判の焦点を当てて論じていました。だが私は幸いに、敗戦直後の二度の苦しい心の旅で得た古典感が根にあったために、第二芸術論を自分で判断しながら読み分けることができました。

学部二年になった春、それまで研究会や歌会など折につけて訪れていた折口先生の家で先生から「うちへ来ないか」と誘ってもらいました。当時、先生の家は十八年間内弟子として居た藤井春洋《はるみ》さんが硫黄島で戦死し、そのあと内弟子となる人が続かなくて、先生の生活が不安定でした。父も、先生をよく知っている伯父も同意してくれて、四月から内弟子となって大井出石の家に入りました。世間では厳しい人だ、気むつかしい人だと言うけれど、私にはいつでも心の生き生きとして接していられる、豊かな刺激のある楽しい生活でした。

私の村の山奥に、天然芝の美しい別天地のような山があって、そこを村人は「タコラ」と呼んで神秘な場所として大切にしています。小学校に入った年の一年生の遠足には、かならずそこへ行くことに決まっていて、村の老人の中にはそこで神秘な体験をした人が多いのです。その話を先生にすると、すぐさま「タコラというのは高天原ということだよ。古い時代には村が一つあれば、きっとその村の高天原があって、そこで大事な祭りをしたり、聖なる神話を長老が語ったりしたんだよ」と何ということもない風に語ってくれました。

戦前の皇国史観的な心で『古事記』『日本書紀』『万葉集』を読むことに馴らされてきた私に

は、それこそ目から鱗が落ちるような思いの日々でした。

先生の家から大森駅まで出る途中に、道ばたにお地蔵様があり、庚申様があり、堅牢地神の碑があります。先生はそういう小さな霊的なものにもかならず通りすがりにハンチングを取ってぴょこりとお辞儀をして通ります。私は神主の子ですから小さい時から神社の前を通る時はうやうやしく頭を下げて通るようにしつけられていますが、路傍の小さな祠やお地蔵さまにまで挨拶することは習っていませんでした。

先生は時に考えごとをして歩いていると、お辞儀を忘れることがあります。すると五十メートルも行きすぎてから思いついて、ふり返ってぴょこりとお辞儀をして、「ぼくが忘れた時は言っておくれよ」と言います。ああ、この人は霊的なものへの挨拶に祠の大小による区別などつけない人だと思いました。その発見は私にとって新鮮で、共感をおこさせるものでした。霊的なものに差をつけないのは、古代の自然な心であるだろうと思います。神霊に対して正一位稲荷大明神などと階位をつけるのは、後世の人間の思いあがりでしょう。

折口信夫の『古事記』

折口博士は戦後の二十一年五月から、戦死した養嗣子折口春洋を記念するために、自宅で

「日本紀の会」という研究会を開いた。『日本紀』（折口は『日本書紀』をこう言った）は春洋の研究テーマだった。聴く者は國學院と慶應の卒業者・学生二十人ほどで、後にその講義は『折口信夫全集ノート篇』に収められました。

二十四年一月には「神代紀」の講義を終って、古くからの習いに従って「竟宴」を開き、それぞれが題を引き当てて即座の「日本紀竟宴歌」を作りました。その中から五首ほどを引用します。

おのころ島

あしゆびもおのころ島を離れねばわが思ふことおほよそ虚し　折口　信夫

大汝《おほなむち》

わが頬に喰《くら》ひつきたる遠つ神たはれたのしく国なしにけり　藤井　貞丈

岐《くなど》　神

詛《とご》ひつつさびしかりけむ姉の言こころしみみに思ほえにけり　清崎　敏郎

大八洲くにのくまぐまめぐりつつ今はしづかに神となりけり　西村　亨

洲羽《すは》ノ海

この湖《うみ》の蒼きにむきて一生《ひとよ》経む父さへ波にしづみ果てにし　岡野　弘彦

『日本書紀』が成立してから間もなく始まったであろうと思われる講義の後の竟宴や、竟宴歌を作らせるのが折口流です。そして歌をみればその力量は歴然です。おのころ島の歌は敗戦後のこの国人のむなしさが、格調を保ちながら深沈として歌われています。「大汝」の歌は実は常世の他界から来て大汝の国つくりを助けた少彦名《すくなひこなの》神を詠んでいるわけで、その小悪魔のようないたずらぶりが歴然と出ています。あとの三人はまだ学生だが、それぞれ題意に従って感情の移入がこまやかだといってめずらしく先生からほめられました。

こんな風にして、殺伐な戦場帰りや軍隊帰りの若者の心に、少しでも早く日本人らしい根生《ねお》いの人間感情をとりもどさせようとして、さまざまな努力と工夫をしてくれた折口先生でありました。

実は私は、『日本書紀』より『古事記』の方の、折口独特の訓《よ》みと解釈を知りたかったのですが、まとまった講義を聴くことができませんでした。『折口信夫全集』にも、『古事記』の講義はありません。折口の講義を聴きはじめてまだ早い時期、折口の地方での講演で、『古事記』の冒頭の一章を暗誦したのが、私の耳に焼きついています。

宣長は『古事記伝』で、「天地《あめつち》の初発《はじめ》の時、高天の原に成りませる神の名《みな》は、天之御中主《みなかぬし》の神。次に高御産巣日《たかみむすび》の神。次に神産巣日《かみむすび》の神。此三柱の神は、並獨神《みなひとりがみ》成りまして、隠身《みみをかくしたまひき》也。」と訓みました。

この部分を折口は、「天地《あめつち》の初発《はじめ》の時、高天の原に成《な》る神の名《な》は、天之御中主の神。次に高御産巣日の神。次に神産巣日の神。此三柱の神は、並獨《みなひとり》神と成りて、隠身《かくりみ》なりき。」最後のところは「かくりみなりき」または、「こもりみなりき」と訓みました。そして、「宣長さんは神に対して敬語をつけすぎられる。もっと簡素でいい」とも言いました。

この語り出しの一段落で、宣長が「みな獨神《ひとりがみ》なりまして」と訓んだところを、折口は「みな独り、神と成りて」と訓み、宣長が「みみをかくしたまひき」と訓んだところを、折口は「かくりみなりき」または、「こもりみなりき」と訓んだ二つの違いは、わずかなことのようで大きいと思います。

折口の考えでは、これらの創世の神は威霊としての働きの存在で、それ自体は形を持たず、「隠《こも》り国泊瀬」、とか「隠《こも》り沼」とかいうように、眼には存在が見えないが内在した働き、内在する威霊であって、だから表からは形を持たず、身を隠す必要もないのでありましょう。

つきつめれば、宣長の考えも差違はほとんど無いように思われますが、私には折口の訓みの方に自然な語りの感覚が出ているという感じがします。

『日本書紀』は当時の日本人が中国の『漢書』、『後漢書』という大部で精緻な歴史書を意識し、それを手本として日本の歴史書を目指したものですから、漢文的表記があまり矛盾を感じさせませんが、『古事記』の方は『日本書紀』とは編纂の意図も違い、書物としての目的も違います。日本固有の神話、伝説、物語の系譜により近い心を語ろうとしているものです。その点を重く考えたのが宣長であったわけですが、宣長は『古事記』に専念する以前に『源氏物語』に深く傾倒し、その文体になじんでいます。

だから折口は、宣長さんの『古事記』の訓み方は美し過ぎ、丁寧すぎる。もっと素朴でいいし、神への敬語も少なくていいんだと言いました。勿論、『古事記伝』の大きな業績を認めた上でのことです。

もう一つ、折口の『古事記』の大国主の話に関連したことで、驚かされたことがあります。よく晴れた夜空を見て歩いていました。昴星《すばる》がきらきらと輝いていました。山の中で育った私の視力は抜群で、軍隊でも対空看視哨にはいつも呼び出されていました。折口先生は少年の頃にトラホームで視力が弱かったのです。昴の星が九つまで数えられると僕が言うと先生はくやしがって、「すばる」「すぼる」という言葉の話をしてくれました。

「すばる」「すぼる」「すべる」「すめる」などはみな、巾着や袋の口を紐でしぼる動作で、「統ぶ」「統べる」「みすまるの玉」もそうだと言い、大国主の話になりました。

大国主が兄神の迫害を受けて根の国にのがれ、須佐之男命の試練を受けて野に射込んだ矢を拾いに行かされた時のこと、まわりの野に火を放たれて身が危くなると、一匹の鼠が現れて

「内はほらほら、外《と》はすぷすぷ」とささやきます。大国主はすぐ鼠の意を察してそこをとんと踏むと穴に落ちこんで、火の難をのがれることができた。矢は鼠が持ってきてさし出したが、矢羽は鼠子どもが齧《かじ》ってなくなっていたという落ちまでついている話です。

ところが先生はそこまで話し終って、ちょっと間を置いて、「あの、内はほらほら、外《と》はすぷすぷ」はもう一つ意味があって、女性の大事なところをいう、大人なら誰でも知っている古い古い諺なんだよね」と言ったのです。大体、大国主さんというのは古代の神さんの中では、こういう下世話な逸話の多い方で、少彦名にやりこめられたり、兄神にだまされたりするのですが、私はこの諺には全く気づきませんでした。

第一、あの至れり尽くせりの宣長さんの『古事記伝』にも、「内はゆるゆる、外はきしきし」なんて訳《わけ》知りの附言はありません。でもこの一言があることによって、われわれの祖先たちの愛した神話の世界に、ふっと暖い人肌の血が通います。

神話は民族の情念と活力

歌と物語を組み合わせて語り継がれてきたわれわれの遠い祖《おや》の世の神話・物語は、永遠性を持ってそのはるか末の世の子孫の心に、深い情念と活力の源となってくれます。

私が中学生の頃から、不思議に心に焼きついている歌と、それを包むようにして連想される物語があります。まず歌の方を先にあげましょう。

長谷《はっせ》の齋槻《ゆつき》が下にわが隠せる妻あかねさし照れる月夜に人見てむかも　人麻呂歌集

路の辺の壹師《いちし》の花のいちしろく人みな知りぬわが恋妻は

いずれも『万葉集』巻十一所収の民謡で、叙情ゆたかな恋歌です。前の歌は「人麻呂歌集に出づ」と註があって、人麻呂作の歌とは違って、伝承的背景を広く感じさせる恋をテーマにした旋頭歌です。二首目の歌は伊勢の「一志」と関係のある歌で、「いちしろく」に「灼然」という字が使われているのを見れば、白い「いたどり」の花などではなく、焼けつくように赤く野火のように広がり咲く蔓珠沙華《まんじゅしゃげ》、すなわち一志の野の田の畔に咲きつづく彼岸花だと思います。

つまり『万葉集』のこの古風な恋の伝承歌は、仁徳天皇にそむいて都をのがれ、大和の長谷地方の間道をひたすら伊勢の威霊しずまる神宮をめざして、恋の道行きをしてのがれてくる悲運の男女にまつわる歌の、民謡風に伝承化せられたものだと、考えているのです。

小学校に入る前から古事記物語に読みふけり、父から『万葉集』の歌を口うつしに教えられた、物語好きで空想ばかりしていた子供が、中学生、大学生となるうちに心に育てていったのは、親の代から伝わる神話・物語と歌の世界でした。

そう言えば、王権にからむひそかな情念を胸に秘め、心熱い女性の心寄せを受けながら、大和から伊勢へ偲んで旅して来る悲劇的な貴種の流離が何と多かったことか。倭健命、大津皇子、在原業平、これは成功した例だけれども大海人皇子もこの形に入るのかもしれません。

三つ子の魂のようにして与えられた神話、それはいま九十歳になろうとする私の胸の中で、私なりの物語と歌の形を持って、私の歌の創作欲をささえていてくれます。

参考文献
『古事記伝』本居宣長
『折口信夫全集』(中央公論社)

日本神話とギリシア神話

阿刀田　高

『古事記』はどう読まれてきたか

私は昭和十年生まれで、第二次世界大戦あたりの教育を受けて育ちました。『古事記』というのは、歴史の時間に習うことが多かった。子ども心にもヤマタノオロチや天の岩戸とかは本当ではないのではないだろうか、と思っていても、非国民と言われるので考えないようにしていました。

天照大神という大変偉い女神様がいて、我が家でも拝んでいました。昭和天皇は神武天皇から数えて百四十九代目であると教えられ、天照大神の子孫だと教えられた。大和朝廷が連綿と続いていることを学んでいたわけです。主だった『古事記』の話は、大体その時代に仕入れました。

ただ、『古事記』をそのまま歴史として考えるのには、大きな問題があるかと思います。歴史学者は『古事記』をそのまま信じるわけにはいかない。それを信じて学説を立てた方もいるかもしれないが、難しいところがあるでしょう。

森鴎外に「かのように」という不思議な作品があります。当時の時代背景を考える上で、面白い作品です。子爵という天皇に近い家柄で、そこの息子は歴史学者でした。皇国史観を信じる家庭でありましたが、『古事記』に書いてある大和朝廷の歴史を疑問に思っていた。天皇家に仕える家であるため、天皇百四十九代説は嘘だとは、歴史学者であってもなかなか言えなかった。その時に「かのように」、つまり、そうであるかのようにして考えていけば、歴史学は一つのロジックを立てられるのではないか。「かのように」という作品は、そのようなことが書いてある小説です。

津田左右吉が大批判を受けたような歴史を正しく見る考え方に対して、鴎外は理解があったのでしょう。しかし、軍人だった鴎外は、なかなか自分の考えをおおっぴらに言うことはできません。小林多喜二のように拷問を受けるわけにはいきませんから。私は高校生の頃にこの小説を読み、感心したのです。

昭和二十年になり、戦争に負け、日本はぺちゃんこにされてしまった。日本は間違っていたということになり、『古事記』のような文学作品、古典が読まれないようになってしまった。天照大神が国を作ったのは嘘だと言われ、教育現場で『古事記』を習うことがほとんどなくなりました。昭和二十年代は、しばらくこのような感じが日本を席巻していました。

『古事記』との付き合いは途絶えてしまいましたが、小さい頃習っていたため、『古事記』そのものについての知識は、幸い持ち続けることができました。昭和二十年以降の教育を受けた方は、みずから『古事記』を学ばない限り、知識の中からすとんと抜け落ちてしまっていると思います。

そういう意味で、私は個人的にラッキーだったと思う。

八雲の「雪女」から文章作法を学ぶ

あるとき、小泉八雲という作家に巡りあいました。八雲は日本で数々の功績を残した人です。一般の方には、『怪談』がとくに有名で、学校の教科書に載るほどよく読まれました。高校の英語の副読本というと、たいがい八雲の英文が載っていました。

私は「雪女」を読み、非常に感動しました。高校三年の頃でした。文章を書くことを生業にする上で、「雪女」から、私は大切なことを学びました。英文と日本語訳を一緒に読みました。

年寄りの木こりと若い木こりが雪の山へ行き、渡し場のところで吹雪のために帰ることができない。そのために二人は渡し場の小屋に泊まります。すると、雪女が現れ、年寄りに冷たい息を吹きかけて殺してしまう。しかし、若い男の方を殺すことはしなかった。そして若い木こりは、雪女からこの事を口外しないように言われた。

それから少しあと、若い木こりが畑中の道を歩いていると、おゆきという女に出会った。身寄りがないけれど江戸に行きたいと言う。器量が良く、性格も良いため、その男の家に住むことになった。そしてこの家の嫁になり、男の母親からも気に入られた。

「江戸に行っても楽しいとは限らないよ」というような話があったあとで、「And the natural end of the matter was that Yuki never went to Edo at all」と原文は続きます。「ものごとの当然な成り行きで、おゆきは江戸に行かなかった」という意味ですね。しかし、平井呈一の訳では「結局、おゆきは江戸に行かなかった」と訳してあります。私はこれには納得がいかなかった。「ことの当然な成り行きとして、おゆきは江戸に行かなかった」と訳してほしいところです。

なぜなら、書き手と読者というのは、互いに睨み合っているのです。剣道をやっているかのごとく、書き手は、相手がどう読んでいるか、どこまで気づいているか。書き手は読者の息を計りながら書いていくのです。そこが重要なところです。

読者はもうおゆきは雪女であり、江戸に行かないということはわかっている。したがって、「結局」という訳では足りない。「ことの当然な成り行き」と訳せば、読者も「そうでしょう、思った通りだ」となる。

私は若いながら八雲のこの英文を見て、ものを書くということは、相手の呼吸を計りながら書くのだなということを学びました。八雲の文章は非常にシンプルだが、良い文章だということを知りました。八雲の英文を読み、訳文を読み、わたしは八雲から大きな影響を受けたのです。

そういった経緯から、八雲のとりこになり、彼の多くの作品を読みました。また、八雲のことを調べていくと、彼は日本神話、特に『古事記』について大変強い関心を持ち、知識が深いことが分かりました。

日本人の正直さに感銘

ゴーギャンと八雲は、同じ時期に仏領のマルティニーク島にいたと言われています。あまり白人がたくさんいた時代ではなかっただろうから、ひょっとしたら会ったことがあるのではないだろうか。八雲はここを舞台に、『チタ』と『ユーマ』という小説を書きました。そして、文筆家として身を立てようとしているうちに、もう少し夢のある新しい何かに挑戦したいと思っていました。

その時、八雲はたまたまニューオリンズで開かれていた国際博覧会へ行きます。当時、日本も海外に日本文化を紹介しようと力を入れた催しをやっていたようです。そこで、八雲が訪ねたのが、日本館でした。服部一三《いちぞう》が文部省から派遣されていました。八雲はそこに毎日足を運びます。日本のことや神話に強い関心を示している白人がいる、という記録が残っています。

その後、八雲はぜひ日本に行ってみたいということになり、一八九〇年四月四日、来日が実現しました。そして、やがて出雲に赴く。しかし、出雲が『古事記』のふるさとであるということは、きちんとわかっていたかどうか…。

松江に行ってみると、八雲はまさに、ヨーロッパの文明とは全く違う、ユニークな神々の世界であるということに感動しました。しかも、そこで小泉節という武家の娘である素晴らしい女性に出会い、結ばれました。節も、志の高い立派な女性であっただろうと思います。

当時、女の人が外国人と共に住むということは、外国人の妾《めかけ》になるというのが、日本人の普通の考え方でした。しかし落ちぶれたとはいえ、武家の娘がそのような身の上になるというのはとんでもないことでした。八雲の世話をした教頭に西田千太郎という大変優れた人物がいました。八雲は素晴らしい人だ、この人の妻になることは名誉あることだ、と節に説いたようです。

節は献身的に八雲の世話をしました。八雲は日本語がうまくありませんでした。古い文献を読むことはできなかったでしょうから、節が読んで聞かせたのだと思います。そんな二人のやり取りの中から、素晴らしい作品が次々と生まれました。

東京に来てからは、毎年のように八雲は焼津に行って子どもたちに海水浴をさせました。その宿の漁師乙吉《おときち》さんを、八雲は大変気に入っていました。焼津の人たちを見て、八雲は本当にこの人たちは嘘をつかない人間であると感動した。八雲はそれまで随分人間関係で苦労してきたが、日本人が嘘をつかないことに大変感銘を受けたのです。

ギリシア文明の魅力

八雲は、古代のギリシア文化に非常に憧れを持っていました。ギリシア文化の中核をなすギリシア神話に造詣が深かったし、それと同じ多神教の文化が日本にあるということに感動しました。

キリストの誕生以来、キリスト教がヨーロッパ世界を席巻します。途中、中世とルネッサンスという時代がありましたが、今でもキリスト教の思想が、欧米を覆っていると言っても過言ではありません。キリスト教には、精神文明として非常に高いものがある。中世のヨーロッパでは一番優秀な人は必ず神学をやったというくらい、神学はエリートを集め、研究させています。

それと比べると、多神教はそんなにすごい人を集め、研究していない。そのため、一神教に比べて多神教は遅れた宗教であると思われているようです。しかし、私はそうは思わない。一神教はどうも独裁的なものになる恐れがあるような気がします。日本の神様のように、あんな神様もいる、こんな神様もいるという方がいいのではないでしょうか。

私は割とギリシア文化に関心を持っていて、ギリシアびいきです。以前、エジプトで王家の墓やスフィンクスなどを見て歩いたことがありますが、ギリシアに比べるとエジプトの方がずっとすごい感じがする。しかし、ピラミッド、スフィンクス、古代文字、王家の墓などを解明しても、現代の私たちに繋がるものは少ないのではないかと思う。

一方、ギリシア哲学のアリストテレス、プラトンなどは、今もなお日本の大学やパリの大学でも研究し、学ぶ人がいる。ギリシアの三大悲劇作家が書いた作品を蜷川幸雄さんが上演すると、ロンドンでも東京でも人が集まり、ドラマの素晴らしさに感動する。二千数百年前の彼らの文化をそのまま現代に持ってきても、今の私たちに通用するわけです。

ギリシアの当時の科学が今にそのまま生きているわけではないが、地球が丸い事や地動説もみんな知っていたし、アトムという言葉もギリシア語から来ています。ギリシアが今日の科学の原点を作っていることは間違いない。そういう意味で、古代のギリシア文明は今なお今日的な叡智を持っている。他のどんな古代文明も、それを現代に持ってきて通用するかどうかはわかりません。

日本人としては少し悔しいところもあるけれど、世界はやはり欧米中心で動いています。なぜ欧米があんなに力を持っているかというと、根底にギリシア文明があるからではないのか。古代ギリシアは、フランス、イタリア、イギリス、ドイツといった国の故郷なのです。それらの国々には古代がない。彼らの古代はギリシア、ローマなのです。ギリシアの文明が非常に優れていたから、その流れの中で発達したということで、欧米は今もなお栄華を誇っています。文化的にはそう言っていいのではないでしょうか。ギリシアが財政危機になったら、フランスなどは貢献をすべきではないか、と個人的に思います。

そこでギリシア神話と日本神話を比べてみると、両者は多神教であるという点で似ています。二者間に影響関係があったのではないか。

ニニギノミコトとコノハナサクヤヒメの婚姻譚

さて、その影響はガンダーラを通じて入ってきたという人もいるが、日本神話における直接な影響を証明することは難しいです。イザナギノミコトが死の国まで行くところは、オルフェウスがエウリュディケを追いかけていくところとよく似ています。ヤマタノオロチの話とそっくりな話もあったりする。結局、人間は似たようなことを考えるのだなと思います。一番似ている話は、海幸彦・山幸彦の話です。

ニニギノミコトが九州の宮崎の海岸あたりの村を散歩していたら、とても美しい娘に会います。名前は何かと聞くと、コノハナサクヤヒメという。ニニギノミコトは彼女をいっぺんで気に入ってしまう。俺の嫁にならないかと言うと、父に聞いてくれないとどうしようもできない、とコノハナサクヤヒメは言う。

そこでニニギノミコトは、オオヤマツミという父に結婚を申し込む。こんな立派な方なら娘を差し上げましょうということになる。しかし、コノハナサクヤヒメと姉のイワナガヒメを二人セットにしてよこす。ところが、この姉があまり綺麗ではなく、ニニギノミコトは姉の方を返してしまう。そして、妹だけを嫁にします。

オオヤマツミは二人の娘を差し上げたのは仮初ごとではない、と憤慨します。コノハナサクヤヒメは大変美しいけれども、寿命は長くない。花の命は短い。それにひきかえ、イワナガヒメは命を永らえて、あなたの弥栄《いやさか》を保証します。だから、セットにして差し上げたのに、一方を返されるというのは残念です、と父のオオヤマツミは言う。

ニニギノミコトは妹のコノハナサクヤヒメと一夜を共にすると、父の元へ帰してしまう。少し経つと、ニニギノミコトのところにコノハナサクヤヒメがやってきて、懐妊したと告げる。ニニギは一夜だけなのにどうして俺の子を身篭《みごも》ったと言えるのか、と難癖をつけます。

コノハナサクヤヒメはそれに怒り、あなたのような立派な人の子だから絶対普通の生まれ方はしないと言って、むろを作りその中に入り、いよいよ生むという時に回りに火をつけさせます。

火が燃え盛る中から「ホデリ」(火が起きること)「ホスセリ」(火が走ること)「ホオリ」(火が遠のくこと)という三人の子どもが、次々に生まれてきた。最初に生まれた「ホデリ」が海幸彦になり、最後に生まれた「ホオリ」が山幸彦になった。それから、例の釣り針の話につながり、最終的に山幸彦が正統派になります。つまり、神武天皇の祖先になり、天皇家の祖先となります。そういうことを考えても、この話は大事な神話ということになります。

ギリシア神話と日本神話の類似

そこで一つ大きな疑問が湧いてきます。三人生まれたのに、真ん中の子「ホスセリ」がどうなったのか、どこにも書いてありません。ずっと私はこのことが気がかりでした。

ギリシア神話でも、クロノスという人が一番の権力者になった。しかし、子どもに自分が滅ぼされるというので、子どもが生まれる度に飲み込んでしまった。六人目を生む時は、妻が嫌になってしまって、本当に生まれた子はクレタ島に隠して、代わりに石をクロノスに飲み込ませた。その子が、後に大神のゼウスになる。

ゼウスが成長すると、父に吐き薬を飲ませて、前に飲み込んだ兄弟を次から次へと吐き出させた。そして、父を退治した。ゼウス、ポセイドン、ハデスの三人の男神が協定を結び、ゼウスが天と地を、ポセイドンは海を、ハデスは死の国、つまり闇の国を支配することになった。

これと同じように山幸彦は陸を支配し、海幸彦は海を支配する。そしてもう一人の「ホスセリ」が、死の国を支配したのではないでしょうか。イワナガヒメという命や人間の死を司る伯母さんが近くにいたため、その子を育てたのではないかと思います。

私は、三年前にこの真ん中の子を「闇彦」と名付け、小説を書きました。なぜそんなことを書いたかと言いますと、『古事記』には次のようなことが書かれているからです。イザナミに追いかけられ、逃げてきて、イザナギが黄泉の国の穢れを落とすために禊を行うと、左目から天照大御神が現れ、右の目からとツクヨミという神様が現れ、鼻からスサノオノミコトが現れたとあります。イザナギは、天照大神に高天原を、スサノオノミコトには海原を、そしてツクヨミには夜、闇、つまり死を支配するように言い渡します。

これはたった今紹介したギリシア神話とよく似ています。同じテーマが、日本神話の海幸彦・山幸彦のところでも繰り返されたのではないかと思います。闇彦であるがゆえに、語られなかった子が、「ホスセリ」なのではないでしょうか。ストーリーの原点としての神話を考えると、色々な側面があり、『古事記』は非常に深い話に満ちあふれているのです。

神話と美術

真住貴子

神話と美術

神話が文字によって記録される以前は、特定の人物が記憶した情報を、語って伝承していくものだったといわれています。美術の分野で神話の世界が絵画などに表現されるには、文字で記録した媒体が必要で、かつ、その内容が多くの人に周知されていないと、作品として制作されません。『古事記』『日本書紀』といった記紀神話は、歴史上、明治期に集中して描かれ、そして戦後急速に描かれなくなるテーマです。それは、記紀が明治期から戦中に広く人々に知られた事を反映しています。そのことをテーマに二〇一〇年秋、島根県立石見美術館にて「神々のすがた　古事記と近代美術」という展覧会を行いました。その時の調査をもとに、近代美術の中で神話がどのように描かれてきたかについてご紹介します。

神話が描かれた背景

神話をテーマに描くことを、美術史では歴史画というジャンルに当てはめます。歴史画というテーマは、歴史的事実だけでなく、神話や伝承、物語や同時代の事件なども含む、幅の広いテーマです。架空の物語である『源氏物語』を描くのも歴史画とされますし、史実であるタイタニック号の沈没を描いた作品も、やはり歴史画になります。誰もが知っている国民的、民族的ヒーローやヒロインを取り上げ、それらを理想化し、より劇的に誇張化して描くことも珍しくありません。

日本の神話の場合、例えばオロチ退治を、絵本の挿絵のように図示する作品が本格的に登場するのは明治に入ってからのことになります。それまでは神「話」ではなく、信仰の対象として「神」を表した作品が存在します。それらは主に神像、つまり神々の絵姿あるいは木彫りの像として神社等で大切にされてきます。

その好例が松江の八重垣神社に伝わる重要文化財《板絵著《いたえちょ》色神像《しょくしんぞう》》で、スサノオノミコトを描いた絵画の中でも古い作

《板絵著色神像》（伝素戔嗚命・稲田姫像、16世紀）
八重垣神社蔵（写真提供／島根県立古代出雲歴史博物館）

例になります。

これは八重垣神社の昔の社殿に描かれていたもので、国の重要文化財に指定されています。絵の具の剥落《はくらく》があってわかりにくいですが、男性と女性が描かれています。女性は十二単衣姿で、男性は詳細に見ると衣冠束帯姿で、全体に平安朝の風俗で描かれています。しかし、この絵だけでは神社に伝わる伝承がなければ描かれた人物がスサノオノミコトとクシナダヒメであるとはちょっとわからないでしょう。ましてや、オロチと戦って姫を救い出したストーリーなどはどこからも見出せません。このように古い作例では、記紀神話のストーリー性は描かれていません。記紀神話のストーリー性が反映された作品が出てくるのは、おおよそ幕末の浮世絵版画からになります。それは、黒船来航によって急に国際社会と対峙しなければならなかった日本が、そのアイデンティティを確立する必要に迫られたことや、尊皇攘夷運動の高まりによって、記紀神話を拠り所として見出したといえます。

そしてさらに明治維新によって徳川幕府から天皇を中心とした明治政府へと大きな政権交代がなされると、明治新政府は、天皇中心に国を統治することの正当性を広く国民に訴える必要にかられます。それには天皇による国の統一の由緒を記した記紀が、格好の材料でした。明治政府は明治五年に学制をしき、公教育の充実に着手しますが、その中で歴史や修身といった教科書に記紀神話を図入りで掲載します。こうした教育のもと、記紀神話は国民の誰もが知る教養となっていき、一気に認知度が高められていきます。こうした環境整備の中で、美術作品の啓蒙効果も高まっていきますが、問題は、実際に絵にする際、記紀に登場する神々はどのような姿なのかについて、考え方が整理されていなかったことにありました。

変遷する神々のイメージ

幕末から明治初期の浮世絵を見ると、髪をざんばらに長くのばした蓬髪《ほうはつ》姿や、平安貴族風や、役者風、中国の仙人風と、同じ神であっても着ているものなどの風俗はバラバラで統一されていません。統一されていないということは、その絵を見ても、見た人はにわかに何の絵かわからず、絵による啓蒙的効果を発揮できないということを示します。

《日本武尊》菊池容斎『前賢故実』（明治元年）より　島根県立石見美術館蔵

この状況の整理に一役かったのが、明治初年に発行された菊池容斎《きくちようさい》（一七八八―一八七八）の『前賢故実《ぜんけんこじつ》』です。この本はいわば肖像画入りの人物辞典で、全一〇巻に神武天皇から後亀山朝に至る五〇〇人ほどの忠臣を取り上げ、肖像画と略伝で紹介しています。この本は当時やそれ以降の画家たちにとって歴史画を描く際の教科書となったもので、『前賢故実』以降、明らかにその影響を受けたとわかる作品が多く存在します。

例えば、容斎の弟子であった、松本楓湖の《日本武尊》と『前賢故実』の《日本武尊》との類似性が指摘されています。

後ろ姿に直刀を持つ姿や、波打って流れる髪形、着物の柄や足輪をしていることなどにその類似性を見出せます。現在ですと、盗作と思われてしまうかもしれませんが、日本画の伝統として、師匠の絵や、師匠以外でも古典を模倣して上達していくという教授法があるので、これは珍しいことではありません。

歴史画を考える上で、美術史上重要な役割を果たした『前賢故実』ですが、取り上げているのが初代天皇とされる神武天皇の時代から登場する、いわゆる人代に焦点を当てていたため、神代、つまりアマテラスやスサノオ、オオクニヌシといった神々の世界は未整理のままの状態が続きます。

容齋は明治十一年に亡くなります。容齋没後の明治十年代は、考古学上の発見が相次ぎ、古墳などから数多くの埴輪や、装飾品などが発掘され、古墳時代の姿が少しずつ明らかになっていった時と重なります。その発掘品に注目したのが、国学者である黒川《くろかわ》真頼《まより》（一八二九―一九〇六）です。現代風にいえば、東京国立博物館の学芸部長といった役職にあった黒川は、明治期における有職故実のスペシャリストでもありました。その才を見込まれ明治二十二年から東京美術学校（現在の東京藝術大学）で、風俗史の講義を始め、美術雑誌『国華』に「本邦風俗説」（後に『日本風俗説』として刊行）を発表しています。『日本風俗説』は考古学上の最新の発掘品と、『古事記』の記述を拠り所にして神代の風俗から論じています。

　現在から見ると、この方法は学問として問題があるのですが、特筆すべき点は、この本の中で、埴輪から復元された髪型、服装、装飾品などがこまかく図入りで説明されていることです。これは、画家たちにとって神話を描く上でこれ以上ない参考書となります。『日本風俗説』は画家たちの新たな教科書となり、これによって黒川が美術学校で風俗史の講義をはじめた明治二十二年ごろから、神々の姿の統一化が見られるようになっていくのです。今日の我々が、神話の神々といえば思い描くミズラと呼ばれる独特のヘアスタイルや服装、直刀や勾玉のペンダントなど、定番アイテムをまとった神々が登

松本楓湖作《日本武尊》（明治 27 年）青梅市立美術館蔵

場します。そしてその視覚的ルーツはこの『日本風俗説』にありました。つまり、神話の神々＝古墳時代の豪族の姿といったイメージの定着はこの時にできたもので、案外歴史は浅いのです。

そして同時に、記紀が国民へ浸透していくとともに、神話の描かれる場面がおのずと集約されていきます。例えば、オロチ退治であれば、オロチと戦うスサノオと守られるクシナダヒメといったように、その神話で人気のある代表的なシーンが選び取られ、ある種の型が出来上がります。そしてそれが繰り返し描かれることで、定番の場面として人々の記憶にすり込まれていくのです。教科書の挿絵でも、巷に流布している浮世絵でも、美術展の絵画でも、似たような場面に、統一された姿の神々が表されることにより、誰もが一目見てその作品が何であるのかがわかるという状況が完成していきました。

『前賢故実』と、『日本風俗説』の違いを明確にすると、容斎が京都の古社寺に伝わる古美術を見て研究し『前賢故実』を作り上げたのに対して、『日本風俗説』は埴輪などの発掘品を参照し、当時の考古学上の最新の発見が影響しています。いわば記紀と考古学をつなげて作り上げたものです。これらを踏まえて、記紀神話の作品の歴史的な状況を整理すると、『前賢故実』以前は、記紀に登場する神々の姿は未分化で、平安風、歌舞伎役者風、中国の仙人風と統一感のない作品が描かれ、『前賢故実』後から、明治二〇年代くらいまでは、未分化な状態を引きずりつつも、概ね『前賢故実』に見られる風俗、つまりざんばら髪の蓬髪姿で描かれ、明治中期の『日本風俗説』後から、昭和戦中期までは、ミズラヘアなど古墳時代の豪族の姿へとはっきり移り変わっていくという流れが見えてきます。ですので、ミズラヘアで描かれている作品あれば、ほぼ明治中期以降に描かれたことがわかります。

描かれた神話、描かれなかった神話

さて、記紀神話の神々を描いた作品といっても、すべての神話が描かれていたわけではありません。やはり多くの作例が見られる話というのが顕著にみられます。

まず、もっとも作例が多いのが神武天皇です。その理由は明治天皇を中心とした国作りが、最初に国を統一したとされる神武天皇の偉業になぞらえられたことによります。神話と現実の天皇を重ね合わせることで、自動的に天皇の神格化もはかられることになります。当時の

竹内久一作《神武天皇立像》(明治23年)東京藝術大学大学美術館蔵

息吹を伝えるのが竹内久一の高さ三メートル近い木彫《神武天皇立像》で、その面差しは、明治天皇の顔を模しています。明治天皇は肖像写真を撮り、その姿が新聞などで広く国民に知らしめられ、歴代の天皇の中で国民の誰もがその顔を知る初の天皇となりました。ですので、竹内の神武天皇を見たときに、それが誰の顔であるのか、当時の人々であれば一目瞭然だったことでしょう。絵画では神武天皇は武装姿で長い弓を持ち、金色の鳶が光り輝いて敵を攪乱するシーンで描かれることが多く見られます。

次に多く描かれたのが天の岩戸神話で、これは天皇家の皇祖神として外せないテーマでしたし、またストーリーとしても劇的で伝わりやすく、絵としても描きやすいものでしょう。岩戸の向こうから光り輝くアマテラスが登場するシーンはおなじみで、これも繰り返し描かれています。この二大テーマの後を追うのが悲劇の皇子ヤマトタケルの物語で、『古事記』の中でも最も物語性が強く、現代でも人々の心を捉える人気のヒーローです。ヤマトタケルは物語のハイライトシーンが数多くあり、神話の美術作品の中でも例外的にテーマがバラエティーに富むのが特徴で、女装してクマソタケルを暗殺するシーンや、草薙の剣で危機を脱出するシーンなどが好んで描かれています。ヤマトタケルにつながる話では、オトタチバナヒメの入水の話がやはり多く描かれています。ヤマトタケルの妃であったオトタチバナヒメは荒れる走水の海に、自ら身を投げて海神を鎮め、ヤマトタケルの窮地を救ったという話ですが、図像のルーツは『前賢故実』にあります。このテーマは教科書にもよく取り上げられています。こうした自己犠牲を美徳とするようなテーマが、後に戦争中の特攻精神などに転換されていったため、記紀神話は戦後極端に忌避されていくことになります。

他には、国土の成り立ちを示すイザナギ・イザナミの国生み神話や、山の神と海の神の婚姻をしめす山幸彦の話で、なかでも山幸彦が海の神の娘トヨタマ姫と出会って恋に落ちるシーンなどが多く描かれています。いずれも国の創成神話として重要なテーマばかりです。

しかしこうしたテーマの中に、『古事記』の三分の一を占めるといわれる出雲神話を描いた作品が登場いたしません。スサノオのオロチ退治を除けば、出雲神話は描かれていないとさえいってよいほど作例に乏しいのが現状です。特に出雲大社の祭神であるオオクニヌシを描いた作品が不自然なほどに見あたりません。わずかに因幡の白ウサギの話が教科書などに掲載される程度で、その他のオオクニヌシの物語は、触れられていないのです。オオクニヌシの物語は、ヤマトタケルほどストーリーが一貫していないとはいえ、一人の少年の冒険譚とも成長譚ともとれるそれなりのストーリー性をもつ内容です。しかし、作品を探すと、結局のところ青木繁の《大穴牟知命《おおなむちのみこと》》しかない状況です。これはなぜでしょうか。

この残念な現象の理由は『日本書紀』にあると思われます。『古事記』と『日本書紀』は異母兄弟のような書物ですが、内容は似ていてもまったく同じではありません。国の正史として位置づけられたのは、実は『日本書紀』のほうであって、『古事記』は長くそのサブテキストのような位置におかれていました。

展覧会のため調査した神話の作品群を子細にみていくと、一つ一つの作品が『日本書紀』の記述に基づいて描かれている場合が多いことがわかってきます。例えば作品のタイトルにもされる神名のヤマトタケルノミコトですが、『日本書紀』ではその名の漢字表記を日本武尊《やまとたけるのみこと》と記し、『古事記』では倭健命《やまとたけるのみこと》と記述されます。そこで作品の漢字タイトルを確認してみると、ほぼ日本武尊と記され、作者が『日本書紀』を拠り所にしていることがわかります。作例が最も多い神武天皇も、金色の鳶が敵を攪乱するくだりは『日本書紀』に記載されたもので、『古事記』にその場面はないなど、明らかに作家が作品を制作する上で『日本書紀』のテキストをベースにしていることがわかります。そしてその日本書紀は、出雲神話が欠落していることがよく知られています。特にオオクニヌシにまつわる記載が少ないため、美術作品でも同様に描かれなかったと考えられます。もちろん出雲神話を描いた作品もゼロではありません。青木繁の作品《大穴牟知命《おおなむちのみこと》》（オオナムチはオオクニヌシの別名）は、明らかに『古事記』からテーマを取っています。兄神たちに赤い大きなイノシシを捕まえろとだまされ、巨大な火の玉で焼死したオオナムチを蘇生させようとしている作品です。同じく青木の《黄泉比良坂《よもつひらさか》》は習作も含め複数作品が残っていて、青木の思い入れの深かったテーマであったことがうかがえます。出雲神話

青木繁作《大穴牟知命》（明治 38 年）石橋財団石橋美術館蔵

ではありませんが、重要文化財である《わだつみのいろこの宮》も、印象的な作品です。

この青木の一連の神話作品はその芸術性からも日本の近代美術史上で際立っています。それは作品が独自の世界観を表しているということにつきるでしょう。『古事記』という観点からみると、むしろ一見して『古事記』を連想しにくい作品といってよいのですが、おそらく青木はわざとそうしています。つまり、いままで取り上げてきた作品のように、作品を見て誰もが神話のどの部分であるかがわかるような絵ではなく、啓蒙的な要素が非常に薄いということです。

青木は国家の思惑など省みず、人々にわかりやすい定型化を否定し、それらを超えたところに己の求める表現に忠実に作品を作りあげたのです。それゆえ、これらの作品は豊かな創造性に満ち、見る者の想像をかきたてます。実際、記紀をテーマに描いた作品は、その性格上、芸術性よりも啓蒙的な意味合いの強い作品が多く、そのことが傑作を生みにくい一つの要因となっています。青木繁はそれを見事に凌駕した作家といってよいでしょう。また小杉未醒（後の放菴）の初々しい男女の出会いを描いた《山幸彦》や、天真爛漫に踊る《天のうづめの命》も印象的ですし、安田靫彦は《草薙剣》をはじめ、ヤマトタケルをテーマとした品格のある作品を数多く描いています。こうした作品に共通していえるのは、神話というテーマを借りた自己表現ということで、普遍的な美の追求と創造といえます。

結局のところ、優れた芸術家であればテーマのいかんにかかわらず名作を残すということにつきるのですが、中でも記紀は、皇国史観や軍国主義に利用されてきた負の経緯から、戦後、極端に忌避されるテーマとなってしまいました。戦後六十七年を経た現在は、記紀はより自由な研究がなされるようになり、新たな解釈も生まれています。創造の現場でも、既存の芸術というよりは、スーパー歌舞伎や漫画やアニメといった、新しい分野での再創造、再解釈が活発になってきており、新鮮な作品が生み出されてきています。そうした新たな創造の源として、記紀神話の今後の展開を楽しみにしたいところです。

参考文献

『明治国家と近代美術』佐藤道心（吉川公文館）
『〈日本美術〉誕生　近代日本の「ことば」と戦略』佐藤道心（講談社選書メチエ）
『日本考古学史年表』齊藤忠（学生社）
『日本考古学史第４』齊藤忠（吉川公文館）
『黒川真頼全集』黒川眞道編
「描かれた歴史　近代美術にみる伝説と神話」展カタログ（兵庫県立近代美術館、神奈川県立近代美術館）
特別展「神話　日本美術の想像力」カタログ（奈良県立美術館・産経新聞社）
「明治国学者による画史画人伝の編纂―小杉榲邨・黒川真頼を中心に」吉田衣里（鹿島美術財団年報）

生きるよすがとしての神話
――ハーンとチェンバレンの『古事記』観

池田雅之

はじめに—作家ハーンと言語学者チェンバレンの『古事記』へのアプローチ

二〇一二年は、『古事記』が編纂されてから一三〇〇年が経過したということで、それを記念するさまざまな出版やシンポジウムや行事が、全国で行われました。戦後、長らく封印されてきた神話が、天皇イデオロギーへの過敏なリアクションを超えて、九十年代頃から私たち日本人の物語として読み直されようとしています。『古事記』は本居宣長以後、今日に至るまで主に日本人によって、さまざまな読み方、解釈がなされてきました。『古事記』の本格的な研究は、本居の『古事記伝』から出発したといってよいでしょう。

しかし、一三〇〇年も昔の書物ゆえか、現代ではかなり恣意的で自由な解釈や読み方がなされていることも事実です。それゆえ、『古事記』について書かれた書物は、最近、おびただしいほどの点数が出ていますが、意外と専門家以外の著作が多いのです。

一方、西洋人が『古事記』をいかに解釈し、どのように読んできたかについては、私たちは余り関心を払ってきませんでした。そこで、外からの視点を入れて、『古事記』を見直してみると、『古事記』はどう見えてくるのか。今回は、二人のイギリス人の『古事記』解釈を紹介し、皆さんの『古事記』観の参考にして頂ければと思います。一人は作家のラフカディオ・ハーン（小泉八雲、一八五〇—一九〇四）、もう一人は言語学者のバジル・ホール・チェンバレン（一八五〇―一九三五）です。

二人は全く同年生まれのイギリス人ですが、チェンバレンの方が三十年以上も長生きしました。ハーンは詩人肌の作家であり、チェンバレンは手堅い実証主義を旨とする言語学者でした。従って、立場の違う二人の『古事記』観や日本観を比べるのは、少々無理があるかもしれません。しかし、直観的洞察力のあるハーンと実証主義で西欧至上主義のチェンバレンの『古事記』観の比較から、何か新しい視座が見えてくるかもしれません。

冥界下りの旅―ハーンの出雲大社体験

松江時代のラフカディオ・ハーン（写真提供／小泉家）

ハーンは、チェンバレンの英訳『古事記』Records of Ancient Matters（一八八三）を読んで、日本にやって来たと言われています。ハーンの日本時代の処女作『知られざる日本の面影』（一八九四）の「杵築―日本最古の神社」（拙訳『新編　日本の面影』角川ソフィア文庫）の冒頭を読むと、いかにチェンバレンの英訳『古事記』を読み込んでいたかが理解できますし、さらにはハーンの古事記世界への並々ならぬ関心が伝わってきます。その「杵築」の一節を、まず拙訳で紹介してみます。

日本には、神国という尊称がある。そんな神々の国の中でも、一番神聖な地とされるのが、出雲の国である。この国を生み、神々や人間の始祖でもある伊邪那岐命《いざなぎのみこと》と伊邪那美命《いざなみのみこと》が、青い空なる高天原より初めており立たれ、しばらくお留まりになったのが出雲の地なのである。

伊邪那美命が埋葬されたという地も、出雲の国境にあり、そこから、伊邪那岐命は亡き妻の後を追って、黄泉の国へと旅立ったのだが、ついに連れ戻すことはできなかった。その冥土への旅と、そこで遭遇した事の次第は、『古事記』に残されている。あの世のことを描いた古代神話は数々あるけれど、これほど不可思議な物語は聞いたことがない。アッシリアのイシュタルの冥界下りでさえ、この話には足許にも及ばない。

ここでハーンは、夫、伊邪那岐命の妻、伊邪那美を求めての黄泉国《よみのくに》（死者の国）下りと、メソポタミア文明圏にあるアッシリアの女神イシュタルの「冥界下り」を比べています。イシュタルが冥界に下ったのは、植物神の夫ダンムズを連れ戻すためだったといわれています。女神イシュタルは愛欲と戦争の女神で、ギリシア神話ではアフロディーテ、ローマ神話ではヴィーナスとして語られています。

夫ダンムズを訪ねる冥界下りの神話は、この二つの神話からもうかがい知れるように、人間の生と死の起源を語る物語でもあります。生と死の起源神話は、人間の存在の根源に関わる物語なのです。それゆえ、ハーンが生と死とに分かたれる伊邪那岐と伊邪那美の物語に関心を抱くのは、彼の『怪談』などの霊的世界、死者と生者の交流と交感の世界を知る者には、何の違和感も感じられないことでしょう。

ハーンの出雲神話の世界への旅は、彼にとって、死者たちと出会うための冥界下りの旅を意味していたかもしれません。このとき、ハーンは、亡妻エウリュディケを冥界から連れ帰ろうとする、ギリシア神話のオルペウスの物語にも思いを馳せていたことは、想像にかたくありません。この伊邪那岐神話とオルペウス神話は、余りにも酷似しているといってよいかもしれません。

バジル・ホール・チェンバレン
（写真提供／小泉家）

かくして、ハーンはその幽界の主《ぬし》たる大国主命を祀《まつ》る杵築、すなわち出雲大社の中へと歩みを進めていきます。

出雲はとりわけ神々の国であり、今もなお伊邪那岐命と伊耶那美命を祀る、民族の揺籃の地であるその出雲において、神々の都とされる杵築に、古代信仰である偉大な神道の、日本最古の神社がある。

私は『古事記』で出雲の神話を読んで以来、かねがね杵築を訪ねてみたいと思っていた。その地を訪れた西洋人がほとんどまれで、しかもいまだに昇殿までした者はいない、という話を耳にしてからは、いっそうその思いに駆られた。外国人のなかには、境内に近づくことさえ許されなかった者もいる。それを思えば、私などはずいぶん恵まれているといえよう。私の親友であり、杵築の宮司とも懇意にしている西田千太郎が紹介状を書いてくれたからである。

だから、たとえ日本人でも、ほんの一握りの人にしか許されることのない昇殿までは無理だとしても、少なくとも宮司の千家尊紀氏には謁見できるだろうと思っている。千家とは、日の神、天照大御神の高貴な血筋を受け継ぐ名家中の名家である。

「杵築」は、まさしく国譲りを果たした大国主命の祀られている出雲大社への正式参拝（一八九一（明治二十四）年を記した記念すべき作品といえます。この体験を契機にして、ハーンは日本の神道についての理解を深めていったと考えられます。当時（明治二十年代）でも、今日でも、皇室の方々や特別の人でない限り、本殿への正式参拝は許されなかったと聞いていますが、ハーンは杵築への昇殿を正式に許された初めての西洋人だったと言われています。ハーンは出雲大社の前に立った時、畏怖の念に打たれ、右のような感動的な言葉を思わず吐露したのでした。

次の引用文は、ハーンが松江から蒸気船に乗り、杵築に向かう時の興奮ぶりを記した「杵築」の第一節の部分です。ハーンがいかに『古事記』の世界と共振し、胸をときめかせながら、出雲大社に向かっていく感じがよく出ています。

まさにこの大気の中に―幻のような青い湖水や霞《かすみ》に包まれた山並みに、燦々《さんさん》と降り注ぐ明るい陽光の中に、神々しいものが存在するように感じられる。これが、神道の感覚というものなのであろうか。私はあまりにも『古事記』の伝説に胸を膨らませていたせいか、リズミカルに響く船のエンジン音までが、神々の名と重なり合って、祝詞《のりと》を唱えているかのように聞こえる。

コト　シロ　ヌシ　ノ　カミ
オオ　クニ　ヌシ　ノ　カミ

今引用したこの「杵築」という作品の冒頭の一節も、ハーン自身の出雲神話の世界への旅、古事記世界への参入を記した記念碑的な文章であるといえます。蒸気船のエンジンの音が、不思議なことにハーンの耳には、神名を唱える祝詞《のりと》のように聞こえてきます。ハーン独特の聴覚的想像力の発現とでもいえるような、実に神秘的な『古事記』体験を述べています。

チェンバレンの英訳『古事記』が問いかけるもの

一方、チェンバレンの『古事記』体験とはどういうものだったのでしょうか。彼は日本にいながらも出雲地方を訪れ、『古事記』の世界に直接触れた形跡は見られません。彼の『古事記』の英訳という仕事は、あくまで『古事記』の原文を正確に訳し、語義の解釈をほどこし、膨大な注釈を付けることにのみあったのでしょうか。これが、チェンバレンの学問的な方法だったのでしょうか。先程述べましたように、ハーンはフィールドワーカーとして、出雲の『古事記』世界に身も心もどっぷりつかることができました。

しかしチェンバレンは、『古事記』に関してはあくまで一九世紀型の書斎派（アーム・チェアー）の学者であったように思われます。それでは、チェンバレンは翻訳者として、『古事記』をどう捉えていたのでしょうか。どのような態度で『古事記』の翻訳に携わったのでしょうか。その興味深い一例を示してみましょう。

『古事記』の「天地《あめつち》の初め」の所に伊邪那岐と伊邪那美の夫婦神による国生み、神生みの話が出てきます。そこで二神は夫婦のちぎりを交わし、男女の営みを行います。いわゆる「みとのまぐわい」の場面です。その箇所をチェンバレンはどのように訳したのでしょうか。
まずその部分の『古事記』の原文の読み下し文を示し、次にチェンバレンの翻訳を引用してみることにしましょう。その上で、チェンバレンの翻訳の問題点を検討してみたいと思います。少し長いですが、原文を読み下してみます。

『古事記』（写真提供／島根県立古代出雲歴史博物館）

その島に天降《あまも》りまして、天《あめ》の御柱《みはしら》を見立て、八尋殿《やひろどの》を見立てたまひき。ここにその妹《いも》伊邪那美命に問ひて、「汝が身は如何《いか》にか成れる」と曰《の》りたまへば、「吾《あ》が身は成り成りて、成り合はざる処一処《ところ》あり」と答へたまひき。

ここにその妹《いも》伊邪那岐命詔《の》りたまはく、「吾《あ》が身成り成りて、成り余れる処一処《ひとところ》あり。かれ、この吾が身の成り余れる処をもちて、汝《な》が身の成り合はざる処にさし塞《ふた》ぎて、国土《くに》を生み成さむとおもふ。生むこといかに」とのりたまへば、伊耶那美命、「然善《しかよ》けむ」と答へたまひき。

ここに伊邪那岐命詔《の》りたまはく、「然らば吾《あ》と汝《な》とこの天の御柱を行き廻《めぐ》り逢ひて、みとのまぐはひせむ」と詔《の》りたまひき。かく期《ちぎ》りてすなはち、「汝は右より廻り逢へ。我は左より廻り逢はむ」と詔《の》りたまひ、約《ちぎ》り竟《を》へて廻る時、伊耶那美命先に「あなにやし、えをとこを」と言ひ、後《のち》に伊邪那岐命、「あなにやし、えをとめを」を言ひ、各言《おのおのい》ひ竟《を》へし後、その妹《いも》に告げて、「女人《をみな》先に言へるは良からず」と曰《の》りたまひき。然れどもくみどに興《おこ》して、子水蛭子《ひるこ》を生みき。この子は葦船《あしふね》に入れて流し去《う》てき。次に淡島《あはしま》を生みき。こも子の例《かず》には入らず。

「天地の初め」の一節は、初めて性《セックス》をもつ夫婦神《カップル》の出現によって、日本の国土と神々の生成が行われるきわめてドラマチックな場面です。性のいとなみと生命の誕生の神秘をきわめて神話風に語った有名な箇所で、私たちはここにおおらかな男女の交わりを感じ取ることはできるものの、卑猥なものを感じ取ることはないでしょう。

女性からの男性への呼びかけの是非や「水蛭子」の誕生については、現代でも女性上位とか未熟児誕生といった、よく似た問題が起っています。そうした微妙な問題はしばらく置くとしても、むしろこの箇所は、性（sex）の営みと生命（life）の誕生が一体となって、次々に命が成りゆく様、生命誕生のダイナミズムを感じさせる一節として読むべきところでしょう。

さて、次に引用するのは、チェンバレンの問題の翻訳箇所です。次の英訳をご覧頂くと、冒頭の二行程は英訳されていますが、その後は見慣れないアルファベットの文字づらが並んでおり、終りの二行手前まで続いています。つまり、二行目から一六行目までは、ラテン語訳になっているのがおわかりになるかと思います。

原文の読み下し文では、「ここにその妹伊邪那美命に問いて……」から「然れどもくみどに興して、子水蛭子を生みき」までに当たります。チェンバレンは、このきわめて重要な性の営みと生命誕生の部分を伏字ならぬラテン語訳に切り換えているのです。なぜ英訳ではなく、ラテン語訳なのでしょうか。ここにチェンバレンの『古事記』理解の問題点と限界が表れているように思われます。その問題部分を引用し、原因を探ってみましょう。

[SECT. IV.—COURTSHIP OF THE DEITIES THE MALE-WHO-INVITES AND THE FEMALE-WHO-INVITES.]

Having descended from Heaven onto this island, they saw to the erection of an heavenly august pillar, they saw to the erection of an hall of eight fathoms. Tunc quæsivit [Augustus Mas-Qui-Invitat] a minore sorore Augustâ Feminâ-Qui-Invitat : 〝Tuum corpus quo in modo factum est ?〟 Respondit dicens : 〝Meum corpus crescens crevit, sed una pars est quæ non crevit contunua.〟 ……（略） Nihilominus in thalamo [opus procreationis] inceperunt, et filium [nomine] Hirudinem [vel

Hirudini similem] peperunt. This child they placed in a boat of reeds, and let it float away. Next they gave birth to the Island of Aha. This likewise is not reckoned among their children.

進化論から見た言語と神話の関係

チェンバレンは、このラテン語に変えた『古事記』の箇所（右の引用文では十行ほど省略しましたが）を、ヴィクトリア朝のイギリスの倫理観からすると「猥褻」「みだら」と考えたのでしょう。ヴィクトリア朝時代は、「性」に対して抑圧的でタブー視する傾向が強かったからです。しかし、チェンバレンがこのような翻訳方法を取った背景には、また別の要因が考えられます。チェンバレンとハーンの出自と生い立ちを比べてみると、その原因の一端が理解できるかもしれません。

チェンバレンは、ハーンと同年の一八五〇年生れで、一八七三（明治六）年に来日し、一九一一（明治四四）年までの三十八年間、日本に滞在しました。その間に何度か、イギリスに一時帰国を果たしています。一方、ハーンは一八九〇（明治二三）年に来日し、日本人の妻をめとり、一九〇四年に亡くなるまで日本を離れることはありませんでした。チェンバレンとハーンの経歴についてはは詳しく触れられませんが、二人の対極的な『古事記』観や日本観を比べてみることは、現代の日本人が世界における日本及び日本人の自画像を描き直そうとするとき、大きな意味をもってくるのではないでしょうか。

チェンバレンは一八八〇年頃、一時イギリスに帰国した折、当時の比較神話学の奉斗、マックス・ミュラーから勧められて、『古事記』の翻訳に着手したと言われています。本人は『古事記』翻訳の動機をイギリスの学会への寄与と考えていたようで、必ずしも『古事記』のもつ物語性や文学性に関心があった訳ではないようです。

一九世紀半ば頃は、イギリスは産業改革を推進し、数多くの植民地を獲得し、世界に冠たる大帝国にのし上がっていました。イギリスの学界、とりわけ人類学や比較神話学の世界においては、イギリスの植民地主義という膨張政策と同時に、世界の未開の国々の文化や風俗、習慣などに関心が向かうようになっていました。エドワード・タイラーやマックス・ミュラーらは、そうした「未開」といわれた国々の神話研究に没頭するようになっていたのです。チェンバレンやハーンの日本への関心も、そうした時代の流れを無視することはできません。

チェンバレンに『古事記』の英訳を勧めたマックス・ミュラーは、「インドとギリシアの神話の類似性を指摘して、自然現象に対する驚きから神話が発生した」（斉藤英喜『古事記　不思議な1300年史』）と主張し、「太古には、言語自体が『神話』のように語られていた」と述べました。このミュラーの見解は言語と神話の発生に関して、真理を衝いています。つまり、人類の言語表現の初源は、自然現象への驚きからはじまり、それを非論理的な物語風の語り口で表現していたことは、想像がつきます。人類文化の始めには、言語と共に神話が生まれていったのでしょう。そして、人類の初源の言語表現が、徐々に神話という語りの形式を形成するようになったと思われます。

「神話」myth はギリシア語の muthos を語源とし、動物の鳴き声のオノマトペアから来由しています。従って、もともとは「訳の分からない話」とか「たわいのない馬鹿話」などという意味であったといわれています。それゆえ、神話とは、ミュラーにとって、あくまで意味の明瞭でない一種の「たわ言」、つまり「言語の病」と捉えられるものでした。このような考え方は、一九世紀前半のイギリスのヴィクトリア朝を支配していた「進化論」的な発想に由来しています。チェンバレンも、このイギリス中心主義的な「進化論」の信奉者であったし、神話に対するアプローチも、この進化論的立場から免れるものではなかったのです。

「生きるよすが」としての神話VS「言語の病」としての神話

今まで述べてきたように、ハーンとチェンバレンの『古事記』観には、決定的な違いが見られます。大国主命を祀る出雲大社参拝の感動的な体験と、神話を「言語の疾病」とみなすチェンバレンの進化論的な立場とは、全くといってよいほど相容れぬものが感じられます。先の斎藤英喜氏が述べているように、チェンバレンにとっては、『古事記』というテキストは、師マックス・ミュラー流の進化論立場からすると、「言語の病」として分析されうる未開文化研究の対象でしかなかったように思われます。

一方、ハーンにとって『古事記』の出雲神話の世界―とりわけ、伊邪那岐の伊邪那美を訪ねる黄泉国探訪譚―は、母方の祖国、ギリシアの神話世界―例えば、夫オルペウスの妻神エウリュディケを連れ戻すための冥界譚など―を想起させるものでした。つまりハーンは、『古事記』の神話世界とギリシア神話とを重ね合わせ、そこに自らの生誕の起源を辿り、亡き母ローザ・カシマタの住む死者の世界（黄泉国）との交信を行っていたと想像できます。ハーンにとって『古事記』とは、まさしく自らの魂と死者の魂とが触れあう、「生きるよすが」としての神話であったと考えられます。ハーンの魂の根源にある死者と生者をつなぐ霊的世界を顕在化させてくれるものこそ、『古事記』の神話世界であり、出雲大社参拝の体験であったといえるのではないでしょうか。

ハーンの『古事記』への全身全霊的なアプローチを辿ってみると、神話とは私たちに「今、ここに生きている」という実感を与えてくれる神々の物語であることが伝わってきます。私たちも、ハーンのように『古事記』世界に親しむことによって、神話から何がしかの「生きるよすが」としての叡智を導き出してくることが、可能なのではなかろうかと思います。

一方、チェンバレンの『古事記』へのアプローチは、あくまで文献学的な読解の段階にとどまっており、神話を学問的分析の対象としてしか捉えていないように思われます。チェンバレンの『古事記』の読み方や日本文化観について、さらに斎藤氏の見解を参照しながら、もう少し触れてみましょう。

チェンバレンの英訳『古事記』の冒頭に付された「総論之部」では、根の国のネズミが口をきいたり、黄泉国から逃れて来た伊邪那岐が投げ捨てた髪飾りが葡萄の房に変わったりする話を、チェンバレンは「稚子の語にて子供の心中に物語をあてはめん為に作為せしもの」と断じています。チェンバレンという学者は、物語の実証性や合理性を重んずるあまり、想像力が生み出す、神話や物語への人間の感応力の神秘というものに全く無自覚であったといえるのではないでしょうか。

また、アマテラスが岩屋に籠る有名なエピソードについては、「日本人の祖先は上代かくの如き岩窟に住居せしと想ふべし」といった説明がなされています。ここにも、チェンバレンの「遅れた文化」（日本）と「進んだ文化」（イギリス）という進化論的で西洋優位の文化比較の視点が、色濃く反映されています。こうしたマックス・ミュラーやチェンバレンらに代表される西洋神話学の考え方に対して、当然のことながら、日本の「国家神道」の側からの多くの反対意見や反発がありましたが、今回は紹介する余裕がありません。

こうしたチェンバレンの進化論的、合理主義的考え方は、日本文学の古典『万葉集』や『源氏物語』などに対する評価にも、共通しています。例えば、『日本事物誌』の「文学」という項目では、『万葉集』には「詩的価値はあまりない」し、『源氏物語』に至っては、「物語の筋は興味を欠いている。言語発達の一段階をなすものとしてのみ価値がある」とまでこきおろしています。ここで、チェンバレンの『源氏物語』に対して言っている「言語発達の一段階」という表現は、彼の『古事記』に対する低い評価を考え合わせると、注目に価します。ここにも、はっきりと文化進化論者としてのチェンバレンの立場が表明されているといえるからです。

つまり、西洋至上主義者のチェンバレンにとって、『古事記』も『万葉集』も『源氏物語』も、まだ発達段階にある文化的に未成熟な国の言語で書かれたものであり、およそ西洋の文学作品とは同格には論じられるものではない、と彼は考えていたのです。いってみれば、日本語は言語の進化プロセスを歩んでいる未熟な言語体系であって、日本の古典文学は、「疾病としての言語表現」の域を出るものではないと断定しているわけです。

二人の日本理解のどちらが正しいのか―結びに代えて

それでは、ハーンとチェンバレンのこの対照的な『古事記』観、日本観をどのように考えたらよいのでしょうか。最後にその問題に触れたいと思いますが、その前に二人の日本時代の関係に触れておくことにします。

ハーンは、一八八六（明治十九）年頃、チェンバレンの英訳『古事記』を読んだと言われています。一八九〇年四月四日に来日をしましたが、ハーンは横浜で改めてこの本を購入したようです。と同時に、当時東京帝大教授であったチェンバレンにいろいろ便宜を計ってもらうべく、依頼の手紙を書いています。それから五ヶ月後、チェンバレンの斡旋で、ハーンは松江に英語教師として赴任することになります。ハーンが松江・出雲行きをよしとしたのは、当然チェンバレンの『古事記』が取りもつ縁があったゆえのことでしょう。ハーンの日本時代の人生にとって、この書物との出会いとチェンバレンの果たした役割が、かなり大きかったといえます。

ハーンとチェンバレンの往復書簡が数多く残されていることから分かるように、二人の蜜月時代は、ハーンの来日直後から東京時代（一八九六―一九〇四）のはじめ頃まで続きました。ハーンが日本学の権威であるチェンバレンの胸を借りて、日本文化の研究を深めていったことは、二人の書簡からうかがい知ることができます。しかし、二人の『古事記』観や日本文化観が明らかに異なることからも推測がつくように、その後、二人は疎遠になり、交際を断つに至ります。

実際、東京に来てから、ハーンは東京帝国大学での講義と著述とで忙しくなっていきます。ハーン自身、「チェンバレンと自分は不和ではない。忙しいのだ。私は只或る時期が来る迄チェンバレンとの交際の休暇である」（小泉一雄『父小泉八雲』）と周囲にもらしていたそうです。チェンバレンの方も、長男一雄にハーンと疎遠になった事情について理解を示すような好意的な発言をしています。日本時代においては、少なくとも互いが敬愛の念を抱いていたことは、二人の往復書簡やさまざまな周囲の証言からうかがい知ることができます。しかしながら、繰り返しになりますが、二人の日本へのアプローチには、あまりにも大きな隔たりがありました。

チェンバレンは『日本事物誌』第五版（一九〇五）の「日本関係書」の項目では、ワーグナーの印象的な言葉、「およそあらゆる理解は、愛を通してのみ我等にいたる」を引いて、ハーンに対して最大級の讃辞を送りました。たしかにチェンバレンが引用したワーグナーの言葉は、ハーンの日本に寄せる思いの深さ、理解の深さを語る場合、不思議な説得力をもっているといえます。

細部における科学的正確さが、繊細で柔和で華麗な文体と、これほどうまく結合している例は、かつてほかにないであろう。これらの真に深みのある創見にみちた著作に接すると、私たちはリヒャルト・ワーグナーが言った言葉の真実を感ぜずにはいられない。「およそあらゆる理解は、愛を通してのみ、我等にいたる」。

ハーンは誰よりも深く日本を愛するがゆえに、今日の日本を誰よりも深く理解し、また、他のいかなる著述家にもまして読者に日本をより深く理解させる。……

この引用文は、チェンバレンの『日本事物誌』の第五版からのものです。この第五版は、ハーン没後、一年目の一九〇五年に出版されたものです。しかし、チェンバレンが帰英後に刊行した同書の第六版（一九三九）では、チェンバレンは「日本関係書」の項目にかえて新しく「ラフカディオ・ハーン」という項目をわざわざ設けました。そして、その項目において、チェンバレンはこれまでのハーン評価を一変させました。そして「これらの真に深みのある創見にみちた著作に接すると、……」以下の文章は削られました。賞讃の言葉に代わって、ハーンへの批判と非難がましい悪口が、加筆されたのです。この六版は、平凡社の東洋文庫に入っていますので、翻訳でご覧頂けます。

私は、『日本事物誌』第六版で削除されたこの一節を大変印象深く受け止めています。私たちがハーンの作品を読むとき、いつでもハーンの日本についての「あらゆる理解は、愛を通してのみ、我等にいたる」ものであることを確信させてくれるからです。そして、かつて盟友ハーンのためにチェンバレンが引用したリヒャルト・ワーグナーの言葉のもつ説得力に、私たちは改めて心から納得するのです。

しかし、チェンバレンが『日本事物誌』第六版で撤回し削ったハーンへの讃辞の言葉は、ブーメランのようにめぐり巡って、チェンバレンの身を撃ち続けるのではないでしょうか。つまり、チェンバレン自身の日本理解とは、一体何であったのか。彼の研究は、日本への愛を通して得られたものではなかったのか。あるいは、チェンバレンは学問には愛などは不要なものと考えていたのか。さらには、なぜ五版から三十四年も経ってから第六版を出版したのか。チェンバレンへのさまざまな疑問と謎が湧いてきます。

いずれにせよ、二人の『古事記』受容と日本理解は、全く対極的といえるものでした。私個人はハーンの日本への「愛」に裏打ちされた学問的、文学的アプローチに賛同するものです。しかし一方では、チェンバレンの西洋至上主義的な視点からも、反面教師として学ぶべき点が多いと考えています。西洋人の平均的な日本観は、二十一世紀の今日でもチェンバレンの十九世紀的な日本観を脱したものといえるかどうか、疑わしいと思っているからです。

参考文献

『新編　日本の面影』ラフカディオ・ハーン　池田雅之訳（角川ソフィア文庫）
『ラフカディオ・ハーンの日本』池田雅之（角川選書）
『古事記（上）全訳注』次田真幸（講談社学術文庫）
『古事記　不思議な１３００年史』斉藤英喜（新人物往来社）
『日本事物誌』（第６版）B.H.チェンバレン　高梨健吉訳（平凡社 東洋文庫）
The Kojiki, Records of Ancient Matters, translated by Basil Hall Chamberlain (Tuttle Classics)

小泉八雲が歩いた『古事記』の世界

小泉　凡

『古事記』との出会い

小泉八雲が日本に関心を抱いたきっかけはいくつかあります。一八八四年十二月からニューオーリンズで始まった万国産業綿花百年記念博覧会で日本館の取材をし、政府代表として派遣された服部一三と親交を深めたこと、天文学者パーシヴァル・ローエルが著した日米比較文化論である『極東の魂』（一八八八年刊）を読んで「実に驚くべき、神のような本」だと思ったこと。さらに来日前年の一八八九年に、親しくなったハーパー社の美術主任ウィリアム・パットンから数冊の本を借りて読みますが、その中にチェンバレンによる英訳『古事記』があったことです。同年の一一月頃、八雲は次のような礼状をパットンに送っています。

この極めて珍しく、価値ある書物を貸してくださった非常なご親切に感謝します。それは言葉に尽くせません。それらはみな初見のものであり、見るのはとても楽しみです。とくにチェンバレン氏自身の『古事記』の訳と、―日本の神話と言語の形成に対するアイヌの影響の民族学的研究には特に興味を引かれました。

『ラフカディオ・ハーンのアメリカ時代』Ｅ・Ｌティンカー著、木村勝造訳〈一部改変〉

翌年、日本行きが実現し、横浜に到着してこの国に腰を落ち着ける覚悟を決めると、改めて英訳『古事記』を購入しました。その本は、八雲の蔵書二四三五冊を保有する富山大学ヘルン文庫にあり、《Lafcadio Hearn》《Yokohama 1890》と自筆で記されています。八雲が購入したのは『日本アジア協会紀要』第十巻別冊として出版されたチェンバレンの英訳『古事記』で、本文だけでなく脚注にも、八雲の蔵書としてはかなりの書き込みが見られます。しばしば、その項目に連動すると思われる頁数が記されているので、関連項目を参照し、行きつ戻りつしながら精読した痕跡がうかがえます。

また、この本に挿入された神話地図には、島根県の日本海洋上から能登半島にかけての部分に《Idzumo Legendary Cycle》（出雲神話群）と表記されており、本文とともに地図上でも、山陰地方から北陸地方にかけて日本文化の古層が残る地帯として注目していたことが想像されるのです。だから島根県尋常中学校が勤務先の候補地にあがった時の喜びは一入《ひとしお》だったでしょう。この就職には、ニューオーリンズで出会った服部一三と『古事記』の英訳者チェンバレンの両方が関わっています。つまりアメリカにいた八雲に日本への関心を向けさせた二人が、今度は八雲を神々の国出雲へと導いたのです。

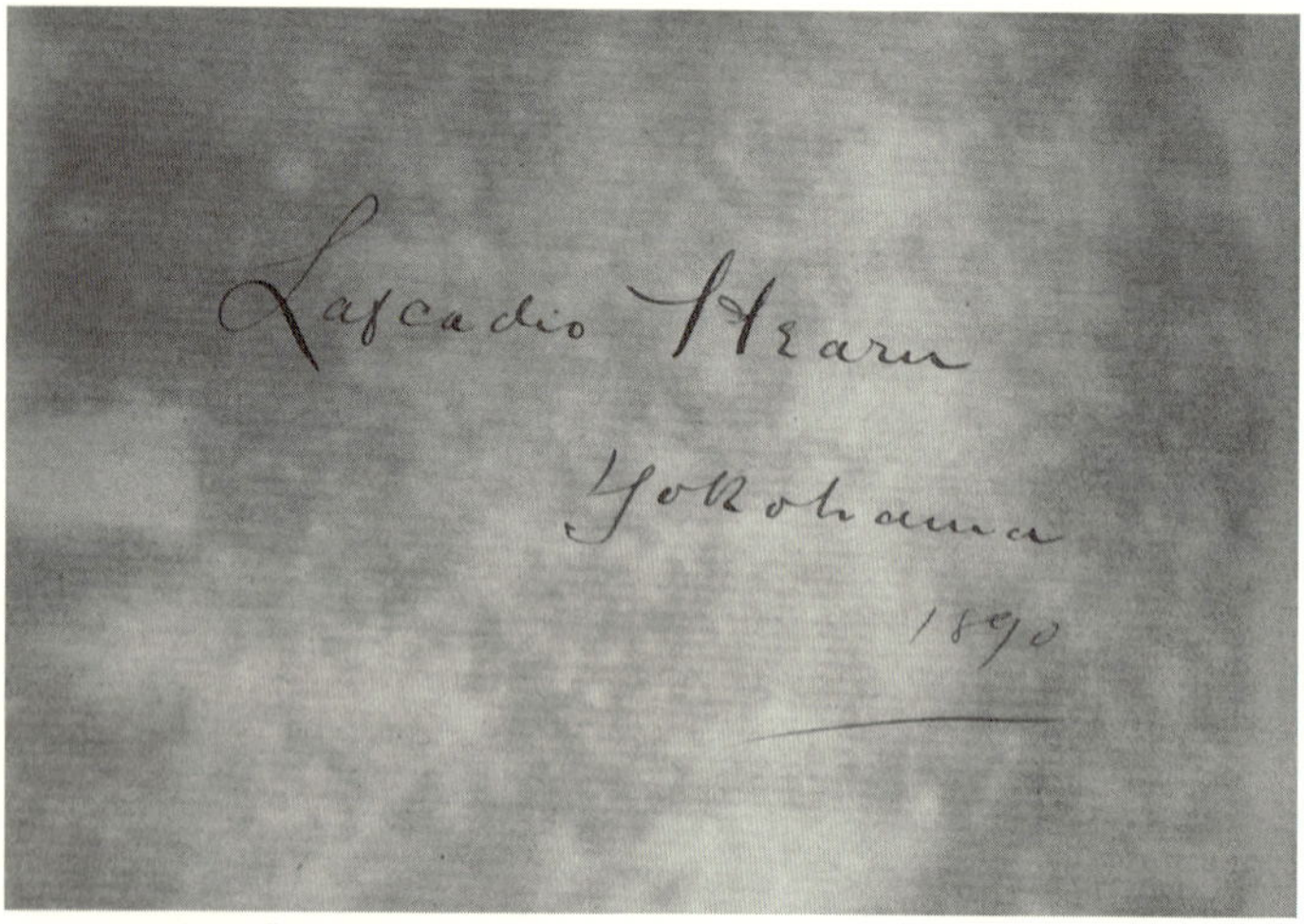

ハーンの蔵書『古事記』B.H. チェンバレン訳に記された署名
富山大学附属図書館蔵

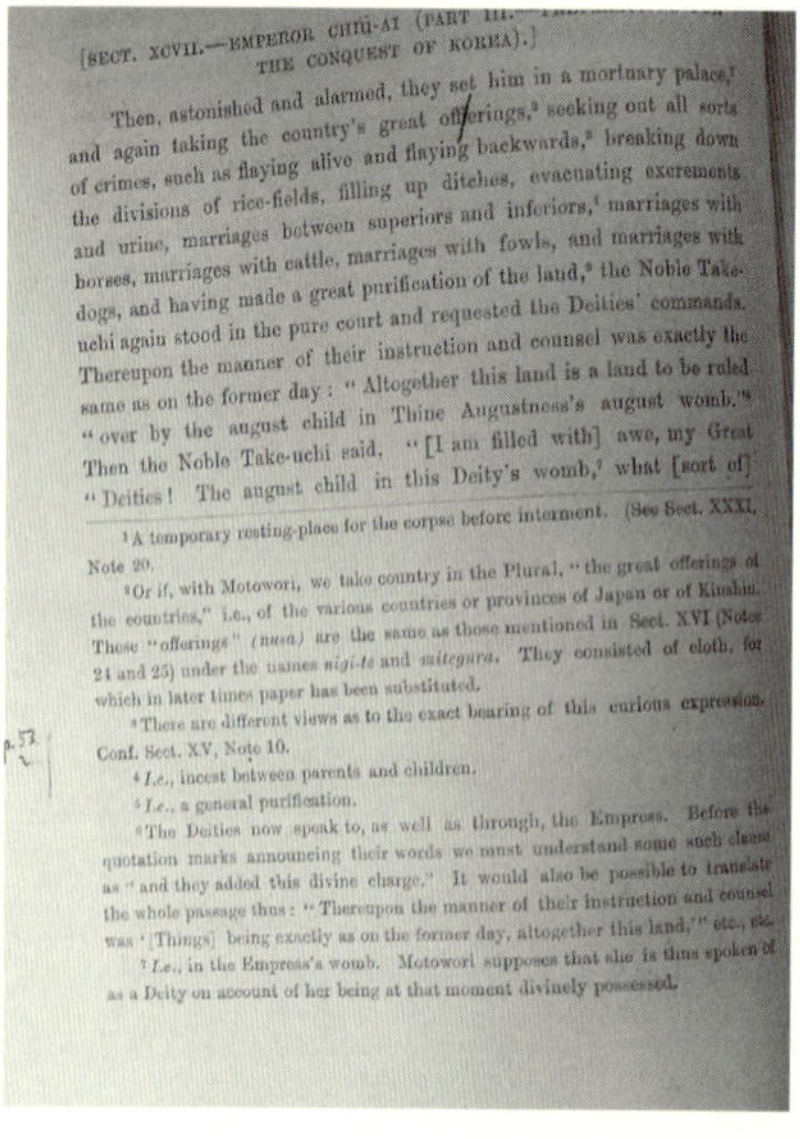
[SECT. XCVII.—EMPEROR CHIŪ-AI (PART III.—
THE CONQUEST OF KOREA).]

Then, astonished and alarmed, they set him in a mortuary palace,[1]
and again taking the country's great offerings,[2] seeking out all sorts
of crimes, such as flaying alive and flaying backwards,[3] breaking down
the divisions of rice-fields, filling up ditches, evacuating excrements
and urine, marriages between superiors and inferiors,[4] marriages with
horses, marriages with cattle, marriages with fowls, and marriages with
dogs, and having made a great purification of the land,[5] the Noble Take-
uchi again stood in the pure court and requested the Deities' commands.
Thereupon the manner of their instruction and counsel was exactly the
same as on the former day: "Altogether this land is a land to be ruled
"over by the august child in Thine Augustness's august womb."[6]
Then the Noble Take-uchi said, "[I am filled with] awe, my Great
"Deities! The august child in this Deity's womb,[7] what [sort of]

[1] A temporary resting-place for the corpse before interment. (See Sect. XXXI, Note 20.

[2] Or if, with Motowori, we take country in the Plural, "the great offerings of the countries," i.e., of the various countries or provinces of Japan or of Kiushiu. These "offerings" *(nusa)* are the same as those mentioned in Sect. XVI (Notes 24 and 25) under the names *nigi-te* and *mitegura*. They consisted of cloth, for which in later times paper has been substituted.

[3] There are different views as to the exact bearing of this curious expression. Conf. Sect. XV, Note 10.

[4] *I.e.*, incest between parents and children.

[5] *I.e.*, a general purification.

[6] The Deities now speak to, as well as through, the Empress. Before the quotation marks announcing their words we must understand some such clause as "and they added this divine charge." It would also be possible to translate the whole passage thus: "Thereupon the manner of their instruction and counsel was '[Things] being exactly as on the former day, altogether this land,'" etc., etc.

[7] *I.e.*, in the Empress's womb. Motowori supposes that she is thus spoken of as a Deity on account of her being at that moment divinely possessed.

精読を物語る書き込み
『古事記』B.H. チェンバレン訳
230 ページ
富山大学附属図書館蔵

黄泉比良坂

黄泉比良坂の物語は八雲の最も気に入った『古事記』の出雲神話の一つです。『知られぬ日本の面影』の「杵築」に次にように述べています。

伊邪那美命が埋葬されたという地も、出雲の国境にあり、そこから伊邪那岐命は亡き妻の後を追って、黄泉の国へと旅立ったのだが、ついに連れ戻すことはできなかった。その冥土への旅と、そこで遭遇した事の次第は、『古事記』に残されている。あの世のことを描いた古代神話は数々あるけれど、これほど不可思議な物語は聞いたことがない。アッシリアのイシュタルの冥界下りでさえ、この話には足許にも及ばない。出雲はとりわけ神々の国であり、今もなお伊邪那岐命と伊邪那美命を祀る、民族の揺籃の地である。

『新編　日本の面影』「杵築」池田雅之訳

ここで比較の対象とされているアッシリアに伝わるイシュタルの冥界下りとはどのような物語なのでしょうか。まずアッシリアは西アジアのティグリス川とユーフラテス川の間に広がる土地、メソポタミアの北部の地方を指します。イシュタル（源流はシュメール神話のイナンナ）は愛欲と戦争の女神（地母神）で、ギリシャ神話ではアフロディーテ、ローマ神話ではヴィーナスとして語られる神で、その夫はタンムズという植物神です。イシュタルは七つの門をくぐり冥界の神エレシュキガルのもとへ下り死体に変えられます。冥界から出るためには代理人が必要で、夫タンムズが代理人とされ、タンムズは半年を冥界で暮らすこととなります。イシュタルが冥界に下った目的は明らかでないのですが、夫タンムズを連れ戻すために下ったと伝えるヴァリエーションもあるようです。一般に、冥府下り神話の深層には、人間の生死の起源とともに、植物神が冥界に留まる半年間が作物の枯渇期を意味します。つまり季節の変遷の象徴がみられるといわれるのです。

「杵築」には、昇殿する八雲を出迎えた神官たちの不動の姿から、幼い頃見ていたアッシリアの占星術師の一団を描いたフランス製の版画を思い出したという記述があるので、子どもの頃からアッシリアという国名、あるいはメソポタミアの文化に、母方の血筋との親近性と一種のエキゾティズムを感じていたのかもしれません。

もちろん、ギリシャ神話のオルペウスやペルセポネの物語にも思いを馳せたことでしょう。前者のオルペウスは竪琴の名手で毒蛇に噛まれて死んだ妻神エウリュディケを連れもどすために冥界の神ハデスのもとに下り、連れ戻す承諾を得たものの、振り返ってはならないという約束を破り、連れ戻しに失敗します。比較神話学者の吉田敦彦氏によれば、冥府で主人公が「見るなのタブー」を犯して亡妻の連れ戻しに失敗したという、狭義の意味での「オルペウス型神話」は、ユーラシアではギリシャと日本にしかないことを指摘し、その伝播の可能性を説いています。（『日本神話の源流』）

さて、八雲が黄泉比良坂の物語に魅かれたわけは、その素朴さ、原始性にあったようです。「神道の発達」でこう述べています。

この神話をつらぬくみごとな素朴さを、ここにはわざと表さずにおいたが、このなかにある悪夢のような恐ろしさと哀調とが奇妙に混じりあっている点は、原始的な特徴をじゅんぶんに証している。つまり自分の愛したものが、恐ろしい姿に変わりはてたという悪夢の一つであって、しかも、原始的な祖先崇拝を物語る死の恐怖をあらわしたものとして、とくに興味がある。この神話全体に流れている哀調と気味の悪い感じ、空想のどことない怪異味、極度の嫌悪と恐怖の際に、形式的な愛執なことばを使っている点など、すべてこれらは紛うことなく日本的なものとして、読む者に感銘を与える。

『日本――一つの試論』平井呈一訳

八雲は原始的で日本的な要素をこの物語から見出したのです。それは神話の背後にある古代の習俗に関心を寄せたからだったと思います。日本の民俗信仰は、大きく分けて、人間霊への信仰とそれ以外の精霊への信仰があり、一般には前者が祖先信仰、後者がアニミズムとして認識されています。八雲は『古事記』の冥府下りの神話から、祖先信仰の発生ともいうべき、死者への恐怖とその魂の供養・祭祀により死者・祖霊から強い力を授かろうとする、祖先崇拝の根本精神を見出したのではないでしょうか。

ところで松江市東出雲町には、黄泉比良坂の伝承地が存在しています。ここが伝承地としてクローズアップされたのは、一九四〇（昭和十五）年のことで、この年は皇紀二六〇〇年を祝い、国威発揚を意図した催しが各地で開催された年でもありました。その時に当時の揖屋町長の決断によりこの場所を黄泉比良坂に比定したといいます。

多少、強引さと政治的な意図を感じますが、もともと東出雲町附谷《つけだに》には、「追谷坂《おいたにざか》」と呼ばれる坂があり、そこは伊邪那美命が伊邪那岐命を鬼女たちと共に追った坂だという伝説が伝えられていました。私はこの坂道を何度も歩きましたが、確かに鬱蒼と木々が茂る登り坂をしばらく歩くと急に視界が広がり、「千引の岩」と、される巨石が置かれている場所に出ます。まさに黄泉国から地上に上がったような気分になるのが不思議です。また、『古事記』には、「其の謂はゆる黄泉比良坂は、今、出雲國の伊賦夜坂と謂ふ」とあり、はっきりと「出雲」という国名が出てきます。また、『出雲国風土記』意宇郡の条には、伊賦夜社という社名があり、これは前述の場所からほど近いところにある「揖夜神社」という式内社のことですので、伊賦夜坂もこの地域との関係が深いことが想像されます。現在では、附谷の逢谷坂の登り口に「黄泉比良坂・伊賦夜坂　徒歩五分」という看板がありますが、これも出雲ならではの異界資源の一つなのかと思って眺めています。

黄泉比良坂への道標（松江市東出雲町附谷）

神話観

では、八雲は『古事記』の神話をどのようにとらえていたのでしょうか。同じく「神道の発達」でこう記しています。

> この書物は、上古の習俗や信仰を明るみに照らし出しているという点はあるにしても、読んではまことに退屈な書物で、一言でいえば、日本の神話というものはおもしろくないものである。
> 『日本――一つの試論』平井呈一訳

八雲は、物語としての文学的・芸術的魅力ではなく、古代の習慣と信仰を知るための資料として『古事記』の価値をとらえていたことがわかります。民俗学者たちが古い神話の中に、上古の習俗の本質的な証拠を発見するだろうとも言っています。それは、時流にのった解釈でもあったのです。

十九世紀前半の神話研究は、アダルベルト・クーンやマックス・ミュラーなど自然神話学派と呼ばれる人々によって推進され、神話は嵐や太陽など特定の自然現象を人格的に表現したものだと解釈されました。当然、神話解釈にはそういった観点も必要でしょうが、すべて自然現象と原人類の言語感覚で説明できるわけではありません。その反省の上にたって、十九世紀後半には人類学派と呼ばれる人々が、流行りの進化論を援用して、神話は未開民族の原始的な習俗を反映したものだという新しい解釈を試みました。その中心人物が、スコットランド出身の、アンドルー・ラング（一八四四―一九一二年）という詩人・民俗学者で、『習慣と神話』（一八八四年）の中でその考え方を説きました。ラングは、八雲も大変尊敬していた進化主義人類学者エドワード・バーネット・タイラーの大きな影響を受けてこの学説を構築したといわれています。

富山大学の八雲の蔵書にはもちろん、ラングの『習慣と神話』があり、見返しのページに不思議な記号が付されています。八雲が興味をもった蔵書に時々記す暗号のような印です。八雲は詩人としてのラングの仕事を、「多作過ぎて高水準を維持できていない」（『英文学史』Ⅱ）と、決して高く評価していませんが、民俗学的業績については強い共感をもっていました。それは長男一雄へのホームスクーリングのテキストとして、ラングの編集した『妖精物語集』六冊（小泉家所蔵）を購入・使用していたことからもわかります。
つまり、出雲神話は古代の出雲の習俗の反映であり、八雲はその片鱗が継承される当時の出雲地方の信仰やフォークロアに関心を寄せていたと言えましょう。

出雲大社

八雲が生涯の中で、出雲大社を三回も訪ね、昇殿を許され、八一代国造の千家尊紀宮司と深い親交をもったことは、『古事記』や「神話」ひいては「神道」の体験的な理解をもたらしたといえます。尊紀宮司は、八雲の長男一雄の誕生祝いに、歴代宮司が特別な祭事にのみ着用したもっともフォーマルな上衣、黒袍と宮司の先祖の遺筆である短冊を贈られるなど厚く交わり、ここには本殿昇殿を裏付ける信頼関係をみることができます。また、私はかつて、当時の権宮司・千家尊祐氏（現在の出雲大社宮司）から「とりわけ黒袍の贈与は異例のことで、一般の社会的交際を遙かに超越している。信頼関係があったことの証では」というお話を伺ったことを覚えています。

さて、八雲の「杵築」の冒頭は「ここは古代の神々が『底つ岩根に宮柱太しり、高天原に氷木高しりて（深い岩底に宮柱を太く立て、大空に千木を高く組み上げて）』（『古事記』）建てられた、聖地の中の聖地で、そこの宮司は天照大御神の血筋を継ぐ神官が務めている。」(「神々の国の首都」池田雅之訳)という一文で始まり、その後も『古事記』を諸所に引用しながら、出雲大社について記述しています。

当時、一般的な西洋人の神道の理解は、神道には道徳基盤もなければ聖書やコーランのような聖典もないので、宗教とはいえないというものでした。しかし八雲はこういった見方に異議を唱え、神道は古代から連綿と続く民衆の慣習を基盤に成り立つ宗教で、神道には日本の民族魂というべきものが底流していると説きます。さらに、西洋のジャパノロジストが平田篤胤の英訳だけを読みかじって神道を裁断する、その姿勢についても批判しました。出雲大社を通した体験的理解への自信をうかがわせるとともに、神道の意味についても、神話と同様に、古代日本人の習慣の反映という側面を重視してみていることがわかります。

最初の出雲大社参詣の時、宮司の采配で、八雲は忘れ得ぬ舞を見ることができたのです。雪のような純白の衣装に身を包んだ若い娘が、鈴をぶら下げた木の枝のような道具をもち、舞う姿は夢想する観音のように穏やかで、生きた彫像のように思えたと述懐しています。そう、巫女舞です。そして八雲は、日本の巫女について次のような想像を語っています。

しかし、なにぶんにも、巫女という地位は高い名誉でもあるし、また一家の収入の財源にもなっていることだしするから、勤めに身を縛られる絆ともいうべきものは、西洋古代の女祭司に課せられていた誓約に比べて、ほとんどそれに劣らぬ強靭なものがある。ギリシャのデルファイの巫女と同じように、日本の巫女も、むかしは神占を司ることをも兼ねていた。自分の仕えている神が身にのりうつった場合には、巫女は、未来の秘密を語る生ける神託であった。しかし、こんにちではもう、どこの神社でも、巫女が女予言者として、つまり、神託の神女、神占者として言動するようなことはなくなっている。

『日本瞥見記』上「杵築雑記」平井呈一訳　恒文社

81代国造
千家尊紀宮司（写真提供／出雲大社）

デルフォイ（デルフィ）とは、アテネの北西一八〇キロほどに位置する、パルナッソス連山の懐に抱かれた古代ギリシャの聖地で、アポロ神の神託が巫女たちによって行われたことから、多くの巡礼者で賑わい、「世界のへソ」と言われた場所です。現在は世界遺産で、アポロ神殿の柱はそのまま残され、遺跡から発掘されたお宝が博物館に保存されています。眼下にはコリンティアコス湾の眺望が広がる景勝地でもあります。今でも、世界的な学術会議が行われる国立の会議場や宿泊施設があり、現代ギリシャにおいても聖地だといえましょう。神がかりした巫女たちによって告げられる託宣は、各地のポリス（都市国家）の政策を大きく左右したと言います。

つまり、八雲は、日本の巫女も、単なる神社に奉仕する職員ではなく、一種のシャーマンとして、神霊を憑依させることで神の言葉を伝える神女だと推察したのです。八雲は、天岩戸に隠れた天照大神を誘い出すことに成功した天鈿女命の踊りや命が使用した小さな鈴をいくつも草で結びつけた笹の枝のことから、古の巫女の姿を想像したのです。もし、八雲が沖縄を訪れてシャーマニズムに接していたら、この想像は一段と確信をもつものとなったでしょう。いずれにせよ、古代出雲を古代ギリシャとの比較の眼で見ていることがわかります。

稲佐浜と美保関

八雲は二度目の大社訪問の際に、十六日間も大社に滞在しました。遊泳好きの八雲は、その多くの時間を国譲り神話の舞台、稲佐浜にある因幡屋の別館「養神館」で過ごしています。この間に数回大社に参詣し、二回千家邸に招かれ、稲佐浜にある宮司の別邸にも招かれ、至福の

稲佐浜

時を過ごしたようです。このことは、当時、千家氏の家従をつとめ、八雲の案内にあたったという方の令息、故中和夫氏が詳細に記述しておられます。また、一八九一（明治二四）年七月三十日付の千家家の日記にも次のように記されています。

昨日午後四時ヨリ海水浴ノ為来杵中ノ尋常中学校御雇教師　英国人ヘルン　同校教師西田千太郎御招饗　御膳一汁二菜吸物弐度肴五品ヲ饗セラル

八雲は「杵築」の中に、大国主神が高天原の使者に国譲りを迫られた古事に基づく稲佐浜の地名の語源について触れ、国譲り神話の概要を『古事記』から引用して紹介しています。八雲が好んだ山陰の海は、他に、美保関・隠岐の菱浦、鳥取県琴浦町の八橋海岸などがありますが、とりわけ稲佐浜は忘れがたい場所だったようです。一八九六年の三度目の訪問の際にもここに滞在し、長男一雄に泳ぎを教えています。一雄はこの浜で出会った白築祐久少年の思い出とともに、やはり忘れられない場所として記憶に刻まれました。

他に、大国主命から国譲りの相談を受けた事代主命を祀り、その古事にちなんだ青柴垣神事・諸手舟神事が伝承される美保関にも数回滞在し、遊泳を楽しみ、フォークロアや護符の採集などを行っています。八雲がいつも滞在した島屋という宿の跡地は、二〇一二年四月に小泉八雲記念公園として整備され、彫刻家・倉沢実氏の遺作となった神戸時代の八雲一家を浮き彫りにした銅製のレリーフが設置されています。かつて北前船の寄港地として繁栄した美保関は、当時もまだその名残が十分感じられる場所で、八雲は船の櫓をこぐ音が響くほど静かな日中と、華やかな歌舞音曲に彩られる夜の賑わいとの緊張関係がこの町の魅力だとも言っています。

東西六五キロに及ぶ島根半島のほぼ西端に位置する稲佐浜と東端の美保関を八雲がとりわけ好んだわけは、何より美しい海があったことと、神話の舞台として日本文化の古層を体感できること、そして素朴で親切な人々の営みがあったからに他ならないのです。

八雲が播いた種

ところで八雲は後の神話研究に何かを残したのでしょうか。考えられるのは、ユーラシア大陸の神話との比較の中で出雲神話をみてきたこと、比較神話学という視点を提示したことではないかと思うのです。晩年の東大の講義では次のように語っています。

ギリシャと日本両国の生活と思想に関する比較研究がなされるならば、その結果は、さぞかし驚くべきものであり、かつ魅力的なものになるであろうことを、わたしは確信する者であります。両国の宗教には大きな隔たりがありますが、しかし宗教の精神そのものは、非常に多くの顕著な類似を呈しています。

『ラフカディオ・ハーン著作集』第十巻「虫とギリシャの詩」

とくに古代ギリシャと日本、出雲に継承される基層文化の共通性に神話を通してアプローチしたかった気持ちがうかがえます。

残念ながらそれをやり遂げる余命に恵まれませんでした。推測を恐れずいえば、熊本第五高等中学校時代の八雲の教え子、高木敏雄が日本で初めて本格的な比較神話学の研究に先鞭をつけ、一九一三（大正二）年には柳田國男とともに、日本民俗学会誌のさきがけとなる『郷土研究』の発刊を始めたことが想起されます。それと前後して、高木は、八雲の没年にあたる一九〇四年に『比較神話学』を上梓し、当初の成果をまとめました。高木敏雄は孤高の学者といわれますが、神話の比較研究の精神は後の大林太良や今日の吉田敦彦氏にも継承されています。八雲の相対的な視野での授業や日本の口承文芸の英訳という課題が、当時の学生に、比較の視野をもって神話を探究する必要を感じさせたのかもしれません。

今後は、こんな八雲の比較神話研究の夢を生かし、「出雲の中の出雲神話」、「日本の中の出雲神話」を超えて、「世界の中の出雲神話」という視点にたった研究や普及事業が展開されることを期待しています。

参考文献

『ラフカディオ・ハーンのアメリカ時代』エドワード・L・ティンカー著、木村勝造訳（ミネルヴァ書房）。

『新編　日本の面影』ラフカディオ・ハーン、池田雅之訳（角川ソフィア文庫）

『世界神話事典』大林太良他編著（角川選書）。

『増訂日本神話伝説の研究』一　高木敏雄（平凡社東洋文庫）所収の大林太良による「解説」。

『ギリシャ神話の世界観』藤縄謙三（新潮選書）。

『小泉八雲　回想と研究』「小泉八雲―神道発見の旅―」遠田勝（講談社学術文庫）。

『大社の史話』「小泉八雲と大社」中和夫　第五三号（大社史話会）。

「小泉一家の思い出」白築祐久（前掲誌）。

「小泉八雲と出雲大社」小泉凡『季刊悠久』四九号（桜楓社）。

「ハーンのホームスクーリング」小泉凡『教育者ラフカディオ・ハーンの世界』（ワン・ライン）。

Lang, Andrew, *Custom and Myth*, University Press of the Pacific, 2004.

Tinker, Edward Larocque, *Lafcadio Hearn's. American Days*, Dodd, Mead and Company, 1924.

小泉八雲の愛した神々の国、出雲

牧野陽子

八雲たつ出雲の国

日本海に面し、宍道湖と中海をたたえた出雲は、豊かな水面からもくもくと雲が沸きあがる――土地の景観を髣髴《ほうふつ》とさせる、「出雲」という地名の由来は、よく知られています。そして、その雲が見せる様々な表情は、なんと美しく、音楽的で、開放感にあふれるものなのだろうと、私はこの地を訪れ、空を仰ぎ見るたびに、思うのです。今回、小泉八雲と『古事記』ゆかりの土地を訪ねる旅をいたしましたが、あらためて感慨を深くいたしました。

明治二十四（一八九一）年の春に来日したアイルランド出身の英国人ラフカディオ・ハーン（一八五〇―一九〇四、帰化名 小泉八雲）は、「雪女」や「耳なし芳一」など、『怪談』（一九〇四年）の作者として、また日本について『知られぬ日本の面影』（一八九四年）他の優れた著作を残した人として知られています。そのハーンが日本に来るきっかけとなったのは、実は、『古事記』を読んで心惹かれたことでした。

すでに明治一五年に帝国大学言語学教授バジル・ホール・チェンバレンによる『古事記』の英訳が出ていたことも驚きですが、それは、異文化理解のためには神話と宗教の理解が必要という考えから、チェンバレンや同じく英国人のウィリアム・アストンなど、来日外国人がまず着手したのが『古事記』『日本書紀』の研究だったからです。

ハーンは新聞記者をしていたアメリカ時代、一八八四年のニューオーリーンズの万博会場に行き、日本の展示物を見て、深い関心を持ちました。そのころ英訳『古事記』に出会ったと考えられています。後に横浜で改めて購入した本が、富山大学図書館の「ヘルン文庫」に残っていますが、たくさんの書き込みがあり、精読した様がうかがわれます。

そしてニューヨークの雑誌のライターとして来日したハーンは、その年の夏には島根県尋常中学校の英語教師の職を得て、松江に赴任します。大橋川沿いの宿に落ち着くと、ハーンは、朝は、夜明けを告げる米搗きの杵の響きと、太陽を拝む人々の拍手の音で目覚め、夜になれば、人々が今度は月を拝むことに感心しました。日々の生活のなかに今なお古代の神話的な感性が生きているということに感銘を受けたのです。「神々の国の首都」(『知られぬ日本の面影』所収)は、そのような町の暮らしの瑞々しい印象記です。そして熊本へ転任するまでの一年半の滞在の間、ハーンは出雲大社、美保関、八重垣神社その他、『古事記』ゆかりの土地を旅しては、神話のエピソードや民俗学的知見を織りこんだ数多くのエッセイを書き残しました。

出雲地方の何が、ハーンの心をとらえたのでしょうか。神々の物語、民俗色豊かな風土、青い海、美しい山々、人々の親切。ギリシャのレフカダ島で、島の娘を母に、英国軍軍医を父に生まれたハーンが母の故郷、地中海の多神教世界を連想したことは、紀行文のなかでこの地の風物を描くのに、神社の神官の姿や、盆踊りの様子など、しばしば「古代ギリシャのような」

という形容を用いていることからもわかります。

でもそれだけではないのでしょう。雲が多く、影のある風景にハーンの心の影が重なり、しっとりとした大気に安らぎを得たのではないでしょうか。松江・北堀の武家屋敷（「小泉八雲旧居」）の縁側で、庭を眺めながら、ハーンの曾孫、小泉凡さんとしばし話をする機会をえました。凡さんは松江に来て二十五年、大橋川沿いの住まいが気にいっているのだそうです。ハーンが滞在した宿に近いからでもあり、宍道湖の夕日を望めるということもあるのでしょう。宍道湖の美しい夕日は、「神々の国の首都」に記されたハーンの描写によって有名になりました。ですが、凡さんは完璧に晴れ渡った日没の空を見たことがないと言います。必ずどこかに雲のかかる夕景色なのだそうです。

夜の出雲大社

陰影のある風土が、黄泉の世界との往還を語る出雲の神話の印象をより一層深め、リアルなものにしたのかもしれません。なにしろ、松江市近郊の山中には、「黄泉比良坂」だとされる場所さえあるのですから。ハーンの出雲を舞台にした作品では、「神々の国の首都」や「日本海のほとりで」「英語教師の日記から」など、夜の世界を印象的に描いた場面が数多く見られます。そして、なかでも際立っているのが、出雲大社訪問記「杵築」なのです。

松江に赴任して後、ハーンは、すぐに出雲に詣でて、外国人としてはじめて昇殿を許されることになりました。「杵築を訪ねることが、『古事記』で出雲の神話を読んで以来、長いあいだ私の最も切なる願いだった」とハーンは述べています。出雲へと向かう宍道湖の蒸気船の音までが、ハーンの耳には「コト・シロ・ヌシ・ノ・カミ、オオ・クニ・ヌシ・ノ・カミ」、とリズミカルに歌っているように聞こえたのです（「杵築」）。ハーンは、夕暮れに出雲に着くと、翌日の参拝予定を待ちきれずに、一人出かけて行きました。神社について記す外国人は多々いるでしょう。けれども、夜に参拝して、その様子を記した人はあまり他にないのではないでしょうか。

ですから、ハーンの見た『古事記』ゆかりの地を訪ねる旅なら、夜の出雲大社に詣でたいと私も思ったのです。

出雲空港から出雲大社へ向かう途中で、八俣大蛇伝説ゆかりの斐伊川を渡ります。車を止めて、橋の上からその雄大な流れを眺めますと、幅広い川床にいくつもの流れに分かれては、ふたたび絡み合うさまが、まさに、うごめく八頭の龍のようでした。ここちよい風に、清らかな小波をたてる川の水は澄み切って、ごみはおろか、藻や水草もまったくありません。大蛇の血が流れたという川の砂は鉄分を含んで赤いために、大蛇の尾から取りだされた草薙の剣の伝説もリアリティを帯びて思い起こされます。夕日を映して赤みを増した川底の砂粒の文様が、水面越しに光って、現代アートのような、不思議な景色でした。

さらに車を走らせると、ワイン畑が広がるなかに「島根ワイナリー」の看板があり、ふと、ドイツのライン川の「七つの丘」に残るジークフリート伝説を思い出しました。英雄が竜退治をした山の斜面が今はワイン畑となっているのですが、ラインワインとしては珍しく赤ワインなのです。竜の血の色に染まったのだといいます。出雲のワインも、赤だろうか。そんなことを考えているうちに、稲佐の浜に着きました。「神在月」に八百万の神々が戻ってくるというところです。

ハーンは、「杵築」のなかで国引き神話を語り、横浜から同行したアキラという通訳の学生がハーンの質問に答えるという形で、神迎えの神事と、神々の到来を告げる「竜蛇さま」についても詳しく説明をしています。その神事が行われる浜辺に降りていきました。波打ち際にたつ茶色の岩山は波に浸食され、ごつごつした岩肌に蕗の葉が柔らかな緑をそえています。一本松を従えた岩の上の鳥居を眺めていると、人気のない浜のどこからか、風にのって笛の音が聞こえてきました。妙なる調べです。若者がふたり、浜辺の岩に腰掛け、楽譜を前に奏でているのです。ふたりは、近くにある大社国学館の学生さんで、たまにここで龍笛の練習をするのだといいます。大社国学館は神職の養成所で、学生数は全学で二、三十人。大学、社会人など、さまざまな経歴をへて入学してくるらしい。笛、太鼓など音楽は必修で、神社で奏楽の奉仕もするのだそうです。「親戚が神社だから」「小さなころから神社の祭りが好きだったから」この道を選んだのだと、それぞれ話してくれました。

神迎えの浜辺にふたたび響く笛の楽奏をあとにして、ようやく、たそがれの大社に着きました。参拝は夜八時までできるのですが、平日の夕暮れに人の姿はまばらです。

出雲は東京より三十分ほど日が長く、山のかなたに日が完全に沈むまで、光が残っています。暮れなずむ空が淡い藍色から濃灰色へと変わっていき、ようやく日が落ちると、半月が中空に浮かびました。

そして、巨大な鳥居の向こう側に、巨木の影が参道をアーチのように覆うのが見えました。静寂のなか、聞こえるのは、玉砂利を踏む音と、かすかな水音だけです。時が止まったような感覚に、みな黙ってしまいました。時折、ふくろうが、ホー、ホ、と低く鳴き、遠くから蛙の声が響いてきます。

長い参道の両側に聳《そび》え立つのは、黒松の巨木です。

「参道は天に沖する巨木の列にはさまれ、いくつもの鳥居をくぐって、遥か先の闇のなかへと延びていく。巨木の樹頭は夜空に高々と映え、地上を這う太い根は群れなす竜蛇のように不気味にうごめく」……ハーンの描写を思い出しながら、闇のなかへと歩み入りました。見上げると、月が雲間に見え隠れし、黒松の枝が生き物のように、濃灰色の空に向かっていきます。そのシルエットが月明かりに黒々と浮かび上がるのを見てふと思いました。もし杉や楠だったら、樹の上のほうは葉が生い茂っているだろう。松の参道だからこそ、枝先の躍動が見えたのではないか、と。月がふたたび群雲から顔を出して、参道の鳥居に差し掛かり、ハーンが月夜の鳥居のスケッチを何枚も書き残したことも、思い出されました。

ハーンは、大社への参道は、「まさに荘厳の極み」で、「これを明日ふたたび白日のもとで眺めるのかと思うと、今からそれが悔やまれるほどの美しさだ」とさえ言っています（「杵築」）。そして、鳥居や注連縄よりも、むしろ参道を取り囲む大樹の群れの方に、出雲大社の幽遠な魅力がある、と記しました。

たしかに、一瞬身震いするような、神秘の空間だといえます。見えるのは、頭上の樹頭と、足元の樹根です。体は、その中間の夜闇のなかにあります。地面の太い根が、「群れなす竜蛇のように不気味にうごめいている」という表現は、エレボス（幽界）の深い淵にいる怪龍のイメージ、あるいは神迎えの竜蛇さまの連想なのかもしれません。まさに、「根の国」の間近にいるのです。それゆえ人は、地の底から天空へと伸び上がる、いわば「世界樹」が連なる夜の一本道を、この世の深奥へと歩んでいるかのような感覚にとらわれます。そして参道とは、本来そういうものではなかったか、と私は思うのです。

拝殿にいたると、正面の巨大な注連縄の両横の御神燈に明かりがともっていました。その火影が境内の石畳の上に長く延びて、石の表に揺らめくさまが、あたかも海面の小波に映じる月明かりのようでした。

美保関の風

翌朝は美しい青空が広がり、山々の峰に夏の入道雲が湧き上がっていました。向かうのは島根半島の先にある港町、美保関です。

美保関では、はるかな古代の記憶がなお人々の生活のなかに息づき、神事として守られながら、さらに、近世の賑わいの跡もそこかしこに残っています。ハーンは、この地を訪れては海水浴を楽しみ、明るい光あふれる紀行文「美保関にて」を書き残しました。

緑色の高い山に囲まれ、澄んだ深い水をたたえた入江。砂浜はなく、石で出来た半円形の波止場の上に家が建ち並び、家の上には樹の葉隠れに神社の屋根が見えます。そこは神域の丘で美しい緑に蔽われています。ハーンが、「日本の小さな町という町の中でももっとも雅趣に富める町」とたたえた美保関の景観は、今もほとんど変わらないと言えるでしょう。

美保神社の祭神は、事代主命と三穂津姫命。事代主命が漁業と商業の神、恵比寿様であるのに対して、三穂（美保）津姫命は稲穂をもってきてくれた農業の神様です。それゆえ、この地方では「関参り」といって、田植を終えた農家の人が美保関に来て御幣をもらって帰り、病虫害よけのお守りとして棒にはさんで田んぼに立てる習いがありました。ハーンは、風になびく無数の御幣の光景をみて、まるで田園に白い花を散らしたようだ、と感心し、松江赴任のための山越えの旅を記した紀行文「盆踊り」のなかに書いています。よほど印象深かったのでしょう、この「関札」をチェンバレンにあずけて、英国のピッツ・リバース博物館に収めています。禰宜の横山宏光氏のお話によると、近年では、そんな田んぼの関札も少なくなったらしく、残念なことです。

美保神社は、今は海辺から少し段を上ったところにありますが、かつては海に面していたといいます。事代主系の恵比寿総本宮であり、海の人々の神社だったのだということが実感されます。

私は、境内からのぞむ美保神社の拝殿の形の美しさに、しばし、見とれていました。壁がない open pavilion なのです。柱の間を海風が吹き抜けていきます。そして拝殿の床は、石なのです。その敷石の上で毎朝、起拝を行うとのことでした。庭上の起拝とは、天皇が元旦の未明に行う四方拝と同じく、伏した姿勢から起き上がって拝む、もっとも重い礼拝であり、石の床とともに古の形を残したものなのだと、ハーンなら古代ギリシャの神官の面影を重ねただろう白い斎服姿の横山氏が語ってくださいました。

神社から階段を降りて、左手に古い家並が続く青い石畳の路地がみえます。昔の船宿街です。ハーンが記すところによれば、昼間の美保関は眠ったように静かだけれど、夜になると明かりが煌々と水に映り、北前船の船乗りたちが遊び興じる声と、芸者らの三味線と歌でにぎやかな別世界であったといいます。

今、海に面した通りには真夏の日差しが照りつけています。でも一本隔てた青石畳通りは、静かで涼しい、やはり別世界なのです。吹き抜ける風が、心地よい。「中鞘風」といいます。そう教えてくれたのは、神社のすぐ手前の旅館、福間館の一三代目当主の福間隆さんでした。何でもご存じで、美保関の民俗については話すときには、〝with a twinkle in his eyes〟、という形容がぴったりの、楽しそうな表情をされます。

青石畳通りを行くと、「太鼓醤油店」というレトロな看板を掲げた店がありました。そういえば、恵比寿様は鳴り物がお好きなので、美保神社には、古来さまざまな楽器が奉納されてきたといいます。「雲津」という表札もあって、美保の地らしい苗字だと思いました。

ハーンが泊まった島屋旅館は青石畳通りの中ほどにあったはずですが、今はありません。近くに、昔日の美保関の生活のさまを保存した船宿があって、玄関を入ると、帳場には、大正九年の船客帳がありました。開いてみると、船乗りらの名前の間に、芸者の名前も並んで、古びた紙にやわらかな色をそえていました。御初穂帳もあって、そこに記された橋津屋、但馬屋、丹後屋、納屋、安木屋、古浦屋といった家々の屋号は、北前船に乗ってきて、この地に落ち着いた先祖の出身地を表しているのでしょう。

くすんだ光を放つ立派な神棚がある座敷には、面白いことに明治大正昭和のマッチ箱のラベルのコレクションが、蓄音機や古びたトランクなどとともに展示されていました。商船三井の船乗りだった浜中儀一郎という人が海外の港から持ち帰ったものだそうです。ハーンは、その滞在時に、海軍の一等巡洋艦が港に停泊し、村人たちが列をなして艦内を見物したことを記していますが（「美保関にて」）、美保関は古代も近代も、海からの様々な風が吹き込む町だったわけです。

ところで、美保関は、「国譲り神話」の舞台として知られています。美保関で毎十二月に行われる「諸手船《もろたぶね》神事」と、四月の「青柴垣《あおふしがき》神事」は、『古事記』などに記された大国主命と事代主命の「国譲り」に関係する重要な祭事で、パンフレットの類などにも必ず説明がのっています。ときに、この伝説にからめて謙譲の精神や平和主義が言われたりもします。ですが、ハーンは、二十頁におよぶ紀行文「美保関にて」のなかで、この有名な故事についてはあえて触れていないのです。大英帝国の植民地政策を見ているハーンには、国を「譲る」とはいかなることか、わかっていたのかもしれません。

代わりに取り上げるのが、事代主命の愉快な卵のエピソードです。「美保関の神様は卵がお嫌いである。」と書き始めて、この地では、船乗りの守護神である事代主命の怒りを買わぬよう、決して卵を食べず、鶏の姿もないことを説明します。神さまは、夜毎に海を渡って対岸の姫神のもとへ通っていらしたが、あるとき雄鶏が、間違ってときを告げてしまった。あわてて舟に乗るが、櫂を落としてしまう。仕方なく手で水を掻いていると、鰐が手を噛んだ。それで神さまは鶏が嫌いなのだ、という話です。玉子焼が好きなハーンは宿の娘に、「卵はありますか」とわざと尋ねてみました。「へえ、あひるの卵ならあります」という返事だった、と記しています。

福間さんにも、同じことを尋ねてみましたところ、今は、みな食べますから、と笑われました。でも、と真顔になって、「当屋」では卵を食さないというのです。美保関では、当屋制度という氏子の組織があり、順番に当屋を務めます。「諸手船神事」「青柴垣神事」の祭祀にも大きく携わるのだそうです。

そして当屋は毎月、一、十五、二十八の日の未明にお参りをすることになっています。その時間、神社の境内は闇です。冬は寒さも身にしみるでしょう。夜明け前、ふと目が覚めると、潔斎のために神社へと急ぐ下駄の音が、青石畳通りから聞こえてくる。そんなとき、「ああ、今日もきちんとおつとめしてくれていると思う。しみじみとして、良いものですよ。」と福間さんが静かに言ったのが印象的でした。

最後に、船に乗せてもらいました。ハーンはいつも海路で美保関を訪れていたのです。港の堤防の常夜灯には、「神光照海」の文字が大きく刻まれていました。土台部分は、何とペリーの黒船騒動のときに、万一にそなえ、松江藩主が砲台として築堤したものだとか。

今日は凪だから船を出せます、とのことでした。夏の海と、山々の緑が眩しい。ところが島根半島の先端、美保関灯台までくると、風が強いのです。船の揺れに立っているのもやっとでした。晴天の日は、丹後半島まで見えるらしいのですが、ここは古来、海の難所でした。

岬から沖のほうへ一直線上に、二つの岩礁が見えます。遠いほうが沖ノ御前、近くが地ノ御前。恵比寿様が鯛を釣っていた岩で、美保神社の飛び地です。ここで、神迎えの神事が毎年五月五日の未明に行われることを知りました。海の闇のなかを、龍笛と太鼓の奏楽とともに、事代主命を迎えにいくのです。「海にお隠れになった神様に、戻ってきていただかなくてはなりませんから。ここの海は、わたしどもにとって、聖地です。」との言葉が耳に残り、私は目を閉じて、その神事の様子を、そっと想い描いてみました。

暗闇の海。古代の舟。笛の音の調べ。そして闇のなかに朝日が差し、神は、よみがえる。

ギリシャ、イギリス、アメリカ、カリブ海と放浪してきたハーンの心を癒した出雲は、「黄泉がえり」の地であることを、この時あらためて思いました。イザナギが黄泉比良阪を通ってこの世に戻り、八百万の神々が神在月に帰ってくる。海に沈んだ事代主命が、よみがえる。神々が風にのり、雲となって戻りゆく出雲の地は、さらなる深みをたたえて、現代の旅人の心をも、とらえてやみません。

参考文献
『新編　日本の面影』ラフカディオ・ハーン著、池田雅之訳（角川ソフィア文庫）
Lafcadio Hearn, *Glimpses of Unfamiliar Japan*. Boston. Houghton Mifflin , 1894
Kazuo Hearn Koizumi, ed. by Nancy Jane Feller, *Re-Echo*, The Caxton Printers, Ltd., Caldwell, Idaho, 1957

古代出雲の神話世界―『古事記』と『出雲国風土記』

瀧音能之

はじめに

出雲は「神話の国」とか「神々の国」とかといわれますが、そうしたイメージを具体的に定着させた人物の一人に小泉八雲ことラフカディオ・ハーンがあげられます。ハーンは出雲に滞在した一年ほどの間に、色々な所を訪ねており、さまざまな印象を述べています。

ここでは、八雲が感じたであろう出雲世界を『古事記』と『出雲国風土記』をよりどころにして、両書が描く出雲世界のギャップに注目してみたいと思います。

国土の創世神話

日本列島の誕生を神話的に説明したものとしては、イザナキ・イザナミによる国生み神話が有名です。『古事記』や『日本書紀』の神話、すなわち、記・紀神話の中でもよく知られたもののひとつといえます。ここでは、国生みのひとつひとつについては具体的にふれません。注目してほしいことは、イザナミが国（土地）を生み落とすということなのです。つまり、上から下への運動がそこにみられるわけであり、この国生み神話は垂直型の神話ということができます。こうした垂直型の神話は、記・紀の天孫降臨神話をはじめとして日本神話のさまざまなところでみることができます。

そして、こうした垂直型の神話は朝鮮半島など北方系の神話といわれています。この点を重視するならば、日本神話は北方系の要素が強いということがいえます。しかし、そう簡単に断定することはできません。出雲の国土創世神話ともいうべき国引き神話がその好例といえます。

国引き神話は、『出雲国風土記』にのみ記されている神話で、具体的には、他所からの四回の国（土地）引きによって、島根半島を形成するという壮大なスケールの神話です。主人公はヤツカミズオミヅヌという巨人神で、出雲は小さく作ってしまったので作り縫おうといって国引きを始めます。

まず、最初に朝鮮半島の新羅に向かって、国の余りがあるかときくと、あるというので国を分けとり引いてきて、杵築の一帯（島根半島西部）を作りました。ついで、北門の佐伎国から国引きをおこない、島根半島中央部にあたる狭太国を作りあげます。北門からはもう一か所、波良国から国引きをおこない、闇見国を形成します。ここにでてくる北門とは隠岐を指していると考えられます。そして、最後に、越（北陸）から国引きをおこない、島根半島東端の美保を作るのです。

国引き神話は、このようにユニークでスケールの大きな神話ですが、『古事記』の国生み神話との関係でいいますと、国を引くという行為が注目されます。つまり、国を引くという行動は、水平的な動きを意味します。国生み神話を垂直型神話ととらえると、国引き神話は水平型神話ということがいえます。こうした水平型神話は南方系の要素といわれています。とすると、国引き神話は南方系の神話ということができます。

つまり、国土創世という同じタイプの神話でも、記・紀にみられる国生み神話と『出雲国風土記』の国引き神話とでは、垂直型と水平型というまったく正反対の要素を指摘することができるわけです。

ふたつの黄泉国

古代人が死後の世界をどのように考えていたかということを神話で考えると、日本神話の中では黄泉国とか根国とかと表現されています。黄泉とは、地下にある泉のことといわれています。こうしたことを考え合わせると、古代人は、死者の国が地下にあったと認識していたともいえるでしょう。

日本神話で黄泉国がでてくる有名な場面は、イザナミが火の神を生んで死んだあと、イザナキが会いにいくところです。

イザナキ・イザナミ両神は、国生みをおこない、その後、神生みをおこなうのですが、そこで火の神であるカグツチを生んだためイザナミはやけどをして亡くなってしまいます。妻を慕うあまりにイザナキはカグツチを斬殺して黄泉国へ向かいます。しかし、そこでみたものは、死者となった醜い妻の姿でした。驚いたイザナキは、思わず逃げ出し、それを恨んだイザナミは、あとを追いかけます。やっとの思いで黄泉比良坂までたどりついたイザナキは、岩で通路を塞いでしまいます。

この黄泉比良坂《よもつひらさか》を『古事記』では出雲の伊賦夜坂《いふやさか》と記しています。現在、島根県の東部に位置する松江市東出雲町に揖夜《いや》という地名が残っており、イザナミを祭神とする揖夜神社が鎮座しています。また、揖夜神社から東方へ少し行ったところには、黄泉比良坂の伝承地とされるところもあり、石碑が立てられていたりします。

揖夜神社は、古代の伊布夜社・揖屋《いや》神社とされています。すなわち、揖屋神社は天平五（七三三）年に成立した『出雲国風土記』の意宇郡の条には、神祇官社として伊布夜社が記されています。したがって、伊布夜社は八世紀の初めには、すでに官社であることを確認することができます。また、十世紀の初めに成立した『延喜式』神明帳にも揖夜神社として記載されており、官社であることがわかります。

これらから、伊賦夜・伊布夜・揖屋はいずれも古代地名であり、いずれもほぼ同一の地域をさしているといえます。もちろん、これは神話というレベルでの話ですが、『古事記』では、出雲の東部を黄泉国への入口と考えていたといってよいと思われます。

出雲の東部を黄泉国と関連させる考えという点では、イザナミを葬ったとされる場所の問題もみのがせません。『日本書紀』の第五段の第五の一書では、イザナミの葬り先は、熊野の有馬村となっています。それに対して、『古事記』をみると、出雲と伯耆の国境にある比婆山《ひばやま》となっています。この比婆山については、現在、出雲地域の中だけでも佐太町の比婆山をはじめとして十か所以上の伝承地があります。こうしたことを考え合わせると、すくなくとも『古事記』においては、出雲が黄泉国と密接な関係があると認識されていたことがわかります。

この点についていては、古代人は乾《いぬい》の方角、すなわち、西北の方向に死者の国があると考えていたという説があり、有力視されています。このようにとらえるならば、記・紀神話の中で出雲系の典型的な神とされるスサノオやオオクニヌシが共に死者の国である根国と深い関連を持っていることもうなずけます。

スサノオは、父神であるイザナキに海原を支配するようにいわれたのにその命に従わず、母神のイザナミのいる根国へ行きたいといって泣き叫び、ついにはイザナキの怒りをかうことになります。また、ヤマタノオロチを退治したのち、根国へ去ったという伝承もみることができます。

一方、オオクニヌシの場合には、兄神である八十神による迫害を逃れるためにスサノオのいる根国へ行くことになります。そこで、スサノオの娘であるスセリヒメと一目で恋に落ち、愛し合うようになります。そして、スサノオが出すさまざまな試練を乗りこえて地上にもどり、八十神を追放してしまいます。そして、国土の開拓を終えたのち、国譲りをおこない、自らは幽界へと去ることになります。

こうしたスサノオやオオクニヌシの行動も出雲が黄泉国と深い関係をもった地域とするならば、それほど違和感をもたないのではないでしょうか。さらに、出雲と黄泉国との関連性ということに注目して、地元でまとめられた『出雲国風土記』をみていくと、黄泉国への入口とされる黄泉の坂・黄泉の穴の記載が目にとまります。しかし、不思議なことに、『出雲国風土記』にでてくる黄泉の坂、黄泉の穴は、出雲の西北部にあたります。つまり、『古事記』にみられるイザナミの埋葬地や黄泉比坂・伊賦夜坂が出雲の東部であるということを考えると、それとは全く異なった正反対の場所ということになります。

『出雲国風土記』の黄泉の泉・黄泉の穴の具体的な記載は、出雲郡の宇賀郷の条にみることができます。この記載によると、日本海に面した脳磯という場所の西方に岩窟があるというのです。その高さと広さとは、共に六尺というから、約二メートルほどの大きさの岩窟ということになります。中は穴になっているが、人が入ることができないため、奥行きがどれくらいあるのかは不明としています。そして、この辺りにきている夢をみると、その人は必ず死ぬというのです。そこで、人々は昔から今にいたるまで、黄泉の坂とか黄泉の穴とかといっている、というのです。内容からも明らかなように、出雲の人々は、この岩窟が黄泉国へ通じると思い恐れていたことがわかります。

このように、『出雲国風土記』にも黄泉国へといたる黄泉の坂や黄泉の穴がみられ、出雲と黄泉国との関係は十分に認めることができます。問題なのは、こうした黄泉国への通路が、『古事記』では出雲の東部とされているのに対して、『出雲国風土記』では西北部になっていることにほかなりません。

しかし、この問題は、『古事記』と『出雲国風土記』とが、それぞれどの視点に立って書かれているかということを考えると容易に解決できるように思われます。いうまでもなく、『古事記』は中央政府によってまとめられたものです。それに対して、『出雲国風土記』は地元である出雲によって在地の権力者である出雲国造が中心になってまとめあげたものです。いいかえると、『古事記』は大和を中心にして、日本列島全体を視野に入れているということができます。しかし、『出雲国風土記』は、原則として出雲地域を対象にして記されています。

このことを、乾の方角、すなわち西北の方向を死者の国と考える古代人の感覚にあてはめてみると、『古事記』の場合、大和からみて西北にあたる出雲そのものが死者の国ということができます。そして、その入り口はどこかというと、出雲の入り口、つまり、伯耆と出雲との国境がまさにふさわしいということになります。そして、そこは出雲の東部ということになります。けれども『出雲国風土記』の場合は、出雲の中で西北の方角が死者の国になるわけですから、出雲全体の西北を考えると、その場所は島根半島の西端あたりに落ちつくことになります。したがって、出雲郡の宇賀郷に黄泉の坂・黄泉の穴の伝承がみられることは不思議なことではないということになります。

出雲の東部と西部の二か所に黄泉国への入り口があるという、一見すると矛盾するような神話・伝承も『古事記』と『出雲国風土記』というふたつの史料がもつそれぞれの性格を考えるならば、少しも奇妙なことではなく、むしろ、当然のことということができるのです。それを不思議と感じてしまうのは、やはり、『古事記』の側からばかりわたしたちが神話をみてしまっているからではないでしょうか。

国譲り神話の舞台

記・紀神話には、さまざまな意図がこめられているが、やはり、究極的には天皇家の日本列島支配を正統化するために体系的に作られた神話群といってよいでしょう。天地開闢から始まって、ウミサチヒコ・ヤマサチヒコにいたるまでが神話で語られ、それらの神話は次の初代天皇とされる神武へとつながっていきます。こうした流れは編纂者の明確な意図と考えられます。

記・紀神話は質・量ともに豊富ですが、それらの中でも、最も重要な場面は、やはり、国譲りとそれに続く天孫降臨の場面といってかまわないでしょう。この場面は、オオクニヌシが作りあげ支配している葦原中国、すなわち、日本列島を高天原のアマテラスに譲りわたし、それをうけて高天原からアマテラスの孫であるニニギが天降ってくるというものです。

そして、ニニギの子孫の中から神武天皇が誕生するわけであり、このことはとりもなおさず、天皇家が神代から日本列島の支配者であるということをいっているのに他なりません。

こうしたことからも明らかなように、国譲り神話・天孫降臨神話は、記・紀神話の中核をなしているといってよいでしょう。

それでは、国譲り神話について、具体的にみていくことにします。『古事記』と『日本書紀』とでは、細かい点においては違いがみられるが、大筋では同じといってかまわないと思います。いま、『古事記』によって、国譲り神話をみるならば、最初にアマテラスが日本列島は自分の子であるアメノオシホミミが支配する国であると宣言します。そこで、アメノオシホミミが、高天原と地上の間にある天の浮橋に立って見たところ、地上はとても騒々しい様子で、とても天降りなどできそうにもない所であるといって、高天原へ戻ってしまい、アマテラスにそのことを報告します。

そのような地上に対応するために、タカミムスヒがアマテラスの命をうけて、天の安の河原に八百万の神を集めて相談することになります。その結果、アメノホヒが地上に派遣されることになりますが、アメノホヒはオオクニヌシにとりこまれてしまい、三年間、高天原への報告をおこたってしまいます。

こうしたアメノホヒのふるまいに、高天原側はしびれをきらしてしまい、二番手としてどの神を遣わしたらよいかということになり、その結果、アメノワカヒコが派遣されることになります。しかし、アメノワカヒコもオオクニヌシの娘であるシタテルヒメをめとり、八年間も高天原への連絡をおこたってしまいます。そこで、高天原では、ナキメという雉を天降らせて様子をみさせたところ、ナキメはアメノワカヒコによって射殺されてしまいます。さらに、ナキメを射ぬいた矢が天の安の河原にまで届いてしまいます。不思議に思ったタカミムスヒが、その矢をとって地上に向かって投げ返したところ、矢はアメノワカヒコの胸に当たり、アメノワカヒコは死んでしまいます。

こうしたことを経て、アマテラスは、次にどの神を地上に送ったらよいかと神々にはかったところ、タケミカヅチにアメノトリフネをつけて遣わすことになります。

タケミカヅチとアメノトリフネの二神は、出雲の稲佐浜に天降りして、オオクニヌシに国譲りを強く迫ったところ、オオクニヌシは、子神であるコトシロヌシに国譲りの諾否をゆだねてしまいます。このときコトシロヌシは、島根半島の東端にあたる美保へ行っていたため、アメノトリフネを美保へやってコトシロヌシをよびもどします。そして、国譲りの諾否を迫ったところ、即座に賛成して、自らは海中に隠れてしまいます。

すると、オオクニヌシは、自分にはもう一人子神がいると告げ、この子神、すなわち、タケミナカタにもきいてほしいといいます。すると、そこへタケミナカタが登場して人の国へきて、こそこそ話をしているのは一体、誰だといい放ち、力くらべをしようではないかといい出します。

いい終わるやいなや、タケミナカタは、タケミカヅチの手をとります。すると、その手は氷柱に変化し、さらに剣に変わります。タケミナカタはびっくりしてしまい、思わず尻込みをしてしまいます。すると今度は、タケミカヅチがタケミナカタの手をとってたやすく投げ飛ばしてしまいます。タケミナカタはたまらず逃げ出し、ついに信濃の諏訪湖で追いつめられて殺されようとしますが、タケミカヅチに服従を誓い、からくも死をまぬがれることになります。

タケミカヅチは出雲へもどり、オオクニヌシにタケミナカタが国譲りに応じたことをのべ、再度、国譲りを迫ったところ、さしものオオクニヌシも国譲りに応じ、最後に自らの住むところとして出雲大社の創建を要求し、そこに鎮座することになります。

以上が、『古事記』にみられる国譲り神話のあらましです。ところが、『古事記』と同じく奈良時代の前半にまとめられた『出雲国風土記』には、これとは異なった国譲り神話が記されています。

それは、意宇郡の母理郷にみられるもので、オオクニヌシが越《こし》の八口《やくち》を平定してもどってきたとき、長江山まできて、「私が支配している国は天孫に献上しましょう。だが、出雲だけは、私が支配する国として守ることにします」と宣言したというのです。

オオクニヌシが自分の国を天孫に譲ろうというのですから、まさしく国譲り神話といってよいと思います。『出雲国風土記』のこの神話は、分量的にもさして多いとはいえませんが、この神話の中には、問題点がいくつも含まれているといえます。

まず、場所の問題があげられます。『古事記』の場合、タケミカヅチとアメノトリフネの二神は、稲佐浜に天降りして、オオクニヌシと国譲りの交渉をおこないます。この稲佐浜は、現在の出雲大社からほど近い海岸であり、ここが国譲り神話の舞台とされているわけです。つまり、出雲の西部が神話の舞台ということになります。

一方、『出雲国風土記』の場合には、母理郷が神話の舞台とされています。この母理郷は、出雲の東部に位置しています。したがって、『古事記』の舞台とは、まったく正反対ということになります。

また、『古事記』では、オオクニヌシは葦原中国、すなわち地上のすべての地域を天孫に譲っていますが、『出雲国風土記』では、出雲は国譲りの対象外となっており、オオクニヌシが国譲り以後も支配することになっています。

こうした相違点をどのように解釈したらよいかということが、当然のことながら問題になってきます。この点についてては、いまのところ定説といえるまでの考えは提示されていないようにみうけられますが、高天原と出雲という対立関係を大和と出雲という視点に置き換えてみるとわかりやすいのではなかろうか。

つまり、大和からの国譲りの要求に対して、記・紀の場合には、出雲も含めてすべてを国譲りするというのであるから、大和からみて出雲の一番奥の西部にあたる稲佐浜で国譲りがおこなわれることになるのです。

これに対して、『出雲国風土記』では、出雲だけは譲らないというのですから、大和からみて出雲の入口、つまり、出雲の東部で国譲りが展開されるわけです。

このように考えるならば、国譲りの舞台が一見すると二か所もあり、しかも、出雲の東部と西部というまったく正反対のところにあって、不思議にみえる問題点が、実は、それぞれに必然性があるということがわかるのではないかと思われます。

参考文献

『古事記22の謎の収集』瀧音能之（青春出版社）
『古代出雲を知る事典』瀧音能之（東京堂出版）
『古事記と日本書紀でたどる日本神社の謎』瀧音能之（青春出版社）
『出雲の神々と古代日本の謎』瀧音能之（青春出版社）

古代出雲大社の祭祀と神殿に想う──神話から見えてくるもの

錦田剛志

はじめに

私は、かつて天職は神主、本職は地方公務員（学芸員）と称して、二足の草鞋を履いて生活していました。平成二十年三月末までは、島根県立古代出雲歴史博物館の学芸員でした。そこでは、歴史学や考古学の方法論に基づく着実な事実の積み上げを通じて、実証的に出雲大社の創祀、創建、建築などの歴史を明らかにするという業務に従事していました。しかし思うところと家庭の事情があって、その後、代々の家職である神職に専従することを決意し、「四十而不惑」と平成二十一年三月末に本職の草鞋を脱いだのです。

天職か本職か、悩みあぐねるちょうどその頃、平成二十年四月二十日のことでした。あろうことか御神縁に結ばれ、浄闇の中、出雲大社の「平成の大遷宮」仮殿遷座祭に御奉仕する栄に浴したのです。しかも国造（宮司）様の後に続いて御本殿内に参入し、大国主大神の御神輿の後方で、神様の御神宝や御装束などが納められた御衣唐櫃《おんぞからひつ》を肩に担ぎ、御仮殿へとお遷《うつ》しする所役を果しました。無我夢中にお務めし、気づきますと私の両目には感涙が溢れていました。その時の感激を愚直に申すならば、「神代いま此処にあり」といったところでしょうか。「ああ、やはり天職に生きよう」そう決意した一夜でもありました。そして現在まで変わらない想いがあるとすれば、それは「神話はまさに生き続けている」という信仰的な確信だといえるでしょう。

このたびのお話は、そんな自らの衝撃的な奉仕の感動に後押しされたものです。実証的な学問とは些か縁遠くなるかもしれませんが、皆さんと一緒に、一人の出雲の神主として、神話の世界にどっぷりと浸かってみたいと思います。そこから見えてくる古代出雲大社の祭祀と神殿の特質に想いを巡らせてみたいと思います。

記紀神話に描かれた創祀と創建

まず、古代の神話や歴史記述に見られる出雲大社の主な関連記事を集めてみました。

ここでは、現存する我が国最古の歴史書『古事記』（西暦七一二年成立）と『日本書紀』（同七二〇年成立）にみえる出雲大社の創祀と創建に関する神話伝承を詳しく見てみることにしましょう。

出雲大社の初出伝承―『古事記』、大国主神の根の国訪問

（A）を御覧下さい。少し前置きが長くなりますが、これは、若き日のだいこく様（大穴牟遅神）が、因幡の素兎を助け、八上姫の心を射止めた話に続くものです。
だいこく様は、その美しい八上姫をめぐって、兄弟である八十神たちの嫉妬を受けます。生

命の危機に瀕するような迫害、虐待を受けますが、その都度、母神や女神たちの助けによってその苦難を乗り越えます。そして、母神の言葉にしたがって、やがて須佐之命が暮らす根の国へと身を寄せるのでした。ところが、だいこく様は根の国に着くやいなや、須佐之男命の愛娘、須世理毘売と恋仲になります。父神は、そんなだいこく様を蛇や百足や蜂がうじゃうじゃいるような部屋で寝させたり、原野に矢を射て、それを取りに行かせたうえで草むらに放火して焼き殺そうとするなど様々な試練を与えるのでした。しかし、だいこく様は、いずれも須世理毘売らの助力を得て見事に克服していきます。ついには、須佐之男命が眠っている隙を見計らって、須世理毘売と共に根の国からの脱出を試みたのでした。

この（A）の記述は、だいこく様と姫神がまさに根の国からの脱出に成功しようとする時、追いかけてきた須佐之男命が、若きだいこく様に投げかけた、いわば叱咤激励の言葉が中心となります。ここで、須佐之男命はだいこく様に対して、偉大なる国主としての神、現実世界の国を統治する神となること、また自分の娘を正妻とすること、そして宇迦能山《うかのやま》の麓に、地底の岩盤に宮柱を太くしっかりと立てた、高天原に千木《ちぎ》が届くような立派な御殿に住まいすること、を命じるのでした。最後は、「この奴《やつこ》や」という蔑称まで叫んでいます。なんだか、愛娘を嫁にやる男親の心境や態度が滲み出ているようでおもしろいですね。

いずれにせよ、最も注目すべきは、この「宇迦能山の山本にして、底津石根に宮柱ふとしり、高天原に氷椽《ひぎ》たかしりて居れ」の箇所です。つまり、宇迦能山とは現在の出雲大社の鎮座する背後の山塊を指し示す地名でもあり、この場所と建築描写のイメージは、まさしくのちの出雲大社のそれと重なります。

さらに興味深いのは、末尾において「今に至るまで鎮《しづ》まり坐《ま》す」と結んでいることです。『古事記』編纂時における出雲大社の存在と時間的につながっていることを示唆しています。

以上が、大国主大神が住まう神殿としての出雲大社の初出伝承の記事といえるものです。

『古事記』上巻

（A）

故爾《かれしか》くして、黄泉《よもつ》ひら坂《さか》に追ひ至りて、遥《はる》かに望《のぞ》みて、呼びて大穴牟遅神《おほあなむぢのかみ》に謂《い》ひて曰《い》ひしく、「其の、汝《なむち》が持てる生大刀《いくたち》・生弓矢《いくゆみや》以《もち》て、汝が庶兄弟《まさはらから》をば坂の御尾《みを》に追ひ伏せ、亦《また》、河の瀬に追ひ撥《はら》ひて、おれ、大国主神《おほくにぬしのかみ》と為《な》り、亦、宇都志国玉神《うつしくにたまのかみ》と為《な》りて、其の我《あ》が女須世理毘売《むすめすせりびめ》を適妻《むかひめ》と為《し》て、宇迦《うか》能山《のやま》の山本《やまもと》にして、底津石根《そこついはね》に宮柱《みやばしら》ふとしり、高天原《たかあまのはら》に氷椽《ひぎ》たかしりて居《を》れ。是《こ》の奴《やつこ》や」といひき。

（中略）

如此《かく》歌ひて、即《すなは》ちうきゆひ為《し》て、うながけりて、今に至るまで鎮《しづ》まり坐《ま》す。此《これ》を神語《かむがたり》と謂《い》ふ。

『新編日本古典文学全集一　古事記』小学館

国譲り神話にみえる出雲大社の造営―出雲神話のクライマックス

次に（B）をご覧下さい。これは、有名ないわゆる「国譲り」神話の一部分です。「国譲り」とは、葦原中国（地上世界のこと）の国造りを果たした国つ神の盟主神、出雲の大国主大神に対して、高天原（天上世界のこと）の天照大神を中心とする天つ神が、葦原中国の統治権を天つ神に譲るよう求め、種々の交渉を経て国土献上が果たされるという物語です。『古事記』上巻の神話では、この国譲りとその結果を受けてのいわゆる天孫降臨伝承が、クライマックスシーンの一つといっても過言ではありません。それだけ特筆すべき伝承であったと思われます。

（B）

『古事記』上巻

爾《しか》くして、答へて白《まを》ししく、「僕《やつかれ》が子等《こども》二はしらの神が白《まを》す随《まにま》に、僕《やつかれ》は、違はじ。此《こ》の葦原中国は、命《みこと》の随《まにま》に既《すで》に献《たてまつ》らむ。唯《ただ》に僕が住所《すみか》のみは、天つ神御子の天津《あまつ》日継《ひつぎ》知《し》らすとだる天《あめ》の御巣《みす》の如くして、底津石根《そこついはね》に宮柱《みやばしら》ふとしり、高天原《たかあまのはら》に氷木《ひぎ》たかしりて、治《をさ》め賜《たま》はば、僕は、百《もも》足《た》らず八《や》十《そ》坰《くま》手《で》に隠《かく》りて侍《はべ》らむ。亦、僕が子等《こら》百《もも》八《や》十《そ》の神は、即《すなは》ち八重事代主神、神の御尾前《みをさき》と為《し》て仕へ奉らば、違《たが》ふ神は非《あら》じ」と、如此《かく》白《まを》して、出雲国《いずものくに》の多《た》芸《ざ》志《し》の小浜《をはま》に、天《あめ》の御舎《みあらか》を造《つく》りて、水戸神《みなとのかみ》の孫《うまご》櫛《くし》八《や》玉《たまの》神《かみ》を膳夫《かしはて》と為《し》て、天《あめ》の御饗《みあへ》を献《たてまつ》りし時に、禱《ほ》き白《まを》して、櫛八玉神、鵜《う》と化《な》り、海の底に入《い》り、底のはにを咋《く》ひ出《い》だし、天《あめ》の八十《やそ》びらかを作りて、海布《め》の柄《から》を鎌《か》りて燧臼《ひきりうす》を作り、海蓴《こも》の柄《から》を以《もち》て燧杵《ひきりきね》を作りて、火を鑽《き》り出《い》だして云《い》はく、

是《こ》の、我《あ》が燧《き》れる火は、高天原《たかあまのはら》には、神産巣日御祖命《かむむすひのみおやのみこと》の、とだる天《あめ》の新巣《にひす》の凝烟《すす》の、八拳垂《やつかた》るまで焼《た》き挙《あ》げ、地《つち》の下《した》は、底津石根《そこついはね》に焼《た》き凝《こ》らして、栲縄《たくなは》の千尋縄《ちひろなは》打《う》ち莚《は》へ、釣為《つりす》る海人《あま》が、口大《くちおほ》の尾翼鱸《をはたすずき》、さわさわに控《ひ》き依《よ》せ騰《あ》げて、打竹《うちたけ》のとををとををに、天の真魚咋《まなぐひ》を献《たてまつ》る。

故《かれ》、建御雷神《たけみかづちのかみ》、返《かへ》り参《ま》ゐ上《のぼ》り、葦原中国《あしはらなかつくに》を言向《ことむ》け和《やは》し平《たひら》げつる状《かたち》を復奏《かへりことまを》しき。

『新編日本古典文学全集一　古事記』小学館

長くなりますが、（B）に掲載されていない前段のあらすじを説明しておきましょう。国譲りをめぐる天つ神と国つ神のいわば和平交渉がそう簡単に進んだわけではありません。高天原からは大国主神のもとへ何度も使者の神が派遣され、懐柔策が試みられますが、上手くいきません。最終的には、天つ神の武神である建御雷神と天鳥船神が出雲の稲佐の浜へと降臨し、いよいよ国譲りに向けた本格的な談判がなされます。高天原から派遣された二神は、大国主大神に対し、すぐさま国を譲る旨の回答を求めますが、大国主大神は即答を避けます。そして、自分の息子たちである事代主神、続いて建御名方神の意向を踏まえるように求めたのでした。

天つ神側の問いに対して、まず事代主神は、天つ神の命に恭順の意を示したうえで海中の青柴垣なるものの中に姿を隠してしまいます。一方、建御名方神は国を譲ることを易々とは承諾しません。稲佐の浜を舞台にして、建御雷神と力と力のぶつかり合い、力による決着を求めたのでした。ところが、結果といえば、天つ神である建御雷神の圧倒的な武威の前に逃亡せざるを得ず、最後は諏訪の地で服従の意を示して降参、建御名方神はかの地に鎮まることとなりました。

こうした前提を経て、（B）の記述に至ります。ここでは、天つ神の要求に対する、大国主神の言動と対応が中心となります。

大国主大神は、まず自分の息子の二神の意向と同様に、高天原の命にしたがって、葦原中国を天つ神に献上する旨を返答します。そのうえで、注目すべき次のような条件を提示しました。

唯《ただ》に僕《あ》が住所《すみか》のみは、天つ神の御子の天津《あまつ》日継《ひつぎ》しらすとだる天の御巣《みす》の如くして、底津《そこつ》石根《いわね》に宮柱ふとしり、高天原に氷木《ひぎ》たかしりて、治《おさ》め賜はば、僕《あ》は、百《もも》足《た》らず八十《やそ》隈手《くまで》に隠《かく》りて侍《はべ》らむ。

なかなか難解な文章で解釈も多様なようです。

私なりに簡約すれば、「ただし、自分の住まいについては、天つ神の子孫が天上世界を統治するための高天原における宮殿（神殿）のようにして、地底の岩盤に宮柱を太くしっかりと立てて、高天原に千木が届くような立派なものを造営してくださるならば、自分は奥まったところへと隠れておりましょう」といったところでしょうか。

つまりこの神話こそが、出雲大社の創祀と社殿造営の有り様を物語っているのです。大国主神が、国譲りの代償として、自らが鎮まる立派な神殿の造営を高天原の天つ神に求めたのでした。しかし、それを受けて高天原側が実際にその造営を成し遂げたか否か、実はこの神話からはそこまで読み取れないのが残念です。

なお、続いて登場する「出雲国の多芸志《たぎし》の小浜に、天の御舎《みあらか》を造りて（略）」というくだりをもって、出雲大社の祖型と解する説が多いようですが、私はその説を支持しません。それは、この記述の主語すなわち造営の主体者は大国主大神であって、天つ神に天の御饗を献じて接遇するための殿舎と読み取れるからです。実際、現在の出雲大社が鎮座する杵築の地から東へ一〇《キロメートル》以上も離れた出雲平野のただ中、斐伊川の流域辺りに多芸志の名残りと思われる「武志」の地名が見られます。またその地に、建御雷神を主祭神とする鹿島神社や御饗の料理方であったという櫛八玉神を祀る膳夫神社とその旧社地が鎮座、継承されています。しかも、その神社の宮司家は代々小汀姓を名乗っています。些か「出来すぎ」でしょうか。

いずれにしても、（B）の記載において、出雲大社が国譲りの代償として創建されようとしていること、またその姿かたちは、高天原の天つ神の殿舎が象徴的なモデルあるいは理想として希求され、先の（A）の記述と同じく、太い掘立柱によって支えられ、千木が天空に届くかのような高層建築を想起させる点が極めて大切な事柄と思われます。

この国譲り神話と出雲大社の祭祀と建築をより具体的に描いた神話伝承が『日本書紀』神代紀（巻第二、神代下、第九段、一書第二）に見られます。それが、（C）の記述です。

（C）

『日本書紀』巻第二　神代下［第九段］一書第二

〈第二〉一書《あるふみ》に曰《いは》く、天神《あまつかみ》、経《ふ》津《つ》主神《ぬしのかみ》・武甕槌神《たけみかづちのかみ》を遣《つかは》して、葦原中国《あしはらのなかつくに》を平定《しづ》めしめたまふ。

（略）

既《すで》にして二神《ふたはしらのかみ》、出雲《いづも》の五十《い》田《た》狭《さ》の小汀《おはま》に降到《くだりいた》りて、大己貴神《おほあなむちのかみ》に問ひて曰《のたま》はく、「汝《なむち》、此の国を以《も》ちて天神《あまつかみ》に奉《たてまつ》らむや以不《いな》や」とのたまふ。

（略）

時に高《たか》皇《み》産霊尊《むすひのみこと》、乃《すなは》ち二神を還遣《かへしつかは》し、大己貴神に勅《みことのり》して曰《のたま》はく、「今者《いま》し汝《なむち》が所言《まをすこと》を聞くに、深く其《そ》の理《ことわり》有《あ》り。故《かれ》、更《さら》に条々《をちをち》にして勅《みことのり》せむ。夫《そ》れ汝が治《し》らす顕露之事《あらはなること》、是《これ》吾が孫《みまご》治《し》らすべし。汝は以ちて神事《かくれたること》を治《し》らすべし。又汝《またなむち》が住むべき天日隅宮《あまのひすみのみや》は、今し供造《つく》らむ。即《すなは》ち千尋《ちひろ》の栲縄《たくなは》を以ちて、結《むす》びて百八十《ももやそ》紐《むすび》とし、其の造宮《みやつくり》の制《のり》は、柱《はしら》は高く大《ふと》く、板《いた》は広く厚《あつ》くせむ。又田《みた》供佃《つく》らむ。又汝が往《か》来《よ》ひて海に遊ぶ具《そなへ》の為《ため》に、高橋《たかはし》・浮橋《うきはし》と天鳥船《あまとりのふね》も供造《つく》らむ。又天安河《あまのやすのかは》にも打橋《うちはし》を造《つく》らむ。又百八十《ももやそ》縫《ぬひ》の白楯《しらたて》を供造《つく》らむ。又汝《なむぢ》が祭祀《まつり》を主《つかさど》らむ者《かみ》は、天《あまの》穂《ほ》日命《ひのみこと》是《これ》なり」とのたまふ。是《ここ》に大己貴神報《こた》へて曰《まを》さく、「天神《あまつかみ》の勅教《みことのり》、如此《かく》慇懃《ねもころ》なり。敢《あ》へて命《おほせごと》に従《したが》はざらむや。吾《あ》が治《し》らす顕露事《あらはなること》は、皇孫《すめみま》治《し》らしたまふべし。吾《あ》は退《さ》りて幽事《かくれたること》を治《し》らさむ」とまをす。乃《すなは》ち岐神《ふなとのかみ》を二神《ふたはしらのかみ》に薦《すす》めて曰《まを》さく、「是《これ》、我《あれ》に代《かは》りて従《つか》へ奉《まつ》るべし。吾《あれ》は此《ここ》より避去《さ》りなむ」とまをし、即《すなは》ち躬《み》に瑞《みづ》の八坂瓊《やさかに》を被《とりか》けて長《とこしへ》に隠《かく》りましき。

『新編日本古典文学全集二　日本書紀①』小学館

前半の記述は、今述べました（B）の『古事記』に見える国譲り神話と類似する内容を示しています。

まず、天つ神は葦原中国を平定しようと、経津主神と武甕槌神を出雲へ降臨させ、大己貴神（大国主大神のこと、以下同じ）にこの国を天つ神に奉献するよう交渉させます。大己貴神が拒否しますと、派遣された二神は、一度、天つ神のもとへ還り戻って報告し、再度地上へ天降ります。今度は天上世界の高皇産霊尊の勅命を伝達して交渉に臨むのでした。後半部分の記述は、その勅命の内容とそれに対する大己貴神の対応から成り立ちます。ここに出雲大社の創建伝承が極めて詳しく、具体的に語られるのです。

天つ神から大己貴神への勅の主旨を整理すると次のようになります。

①大己貴神がこれまで統治してきた顕露之事《あらわなるのこと》は、今後は天つ神の我が子孫が統治する。大己貴神は今後、神事を統治せよ。

②大己貴神が住むべき天日隅宮は、これから造営する。その建築の内容は極めて高大なものとし、様々な付属施設、祭祀施設、祭祀具も充実したものを整える。

③大己貴神の祭祀を司る祭主は、天つ神である天穂日命を任命する。

難解な面があるので、それぞれ補足して説明します。

①にみえる顕露之事とは、目に見えること、この世の現実世界の営みを指すと考えられます。神事とは、隠れたること、すなわち目には見えないあの世のこと、神々の世界の営みを指すのでしょう。つまり、国譲りに際しては、単に物理的な国土の支配権にとどまらず、現実の世界という世界観全体をも含む統治権の献上を求めているのです。その代わりとして、神事の統治、つまり目に見えない世界の支配は以後任せたぞ、ということになりましょう。

さて、②の天日隅宮の造営こそが、一般に出雲大社の創建を指すと考えられています。天日隅宮の解釈をめぐっては、主に二つの説が知られています。一つは、天上界すなわち高天原における日の神（天照大神か）が住まいされるような宮殿を象徴化した神殿の名称。二つ目は、天の日が沈みゆく西方彼方（大和からみて出雲）にある宮を象徴化した神殿の名称。両者ともに魅力的ではありますが、私は前者の方がふさわしいと考えます。理由につきましてはのちに触れることになるでしょう。いずれにせよ、国譲りの代償として天日隅宮という立派な神殿を高天原の天つ神が造営しようとすることが重要です。

また、その建築の姿かたちが詳しく描写されている点も注目に値します。「即ち千尋の楮縄を以ちて、結びて百八十紐とし、その造営の制は、柱は高く大く、板は広く厚くせむ（中略）高橋・浮橋と天鳥船も供造らむ」などという具体的な建築の描写は、神話に登場する数ある神社の中で、出雲大社が唯一の存在といっても過言ではありません。それだけ、『日本書紀』が編まれる頃には、特筆すべき壮大な神殿が実在したのではないかと推測されます。

そして、忘れてはならないのが、高天原、天つ神の側は、社殿を造営したうえで、祭主として天つ神の天穂日命を任命したことです。この神は、神々の系譜でいえば、日の神たる天照大神の第二の御子神、このうえなき高貴な神です。のちにこの天穂日命の子孫が、出雲国造、出雲臣となり、現在の出雲大社宮司である千家国造家並びに北島国造家へとつながります。天照大神の直系の子孫が現在の皇室につながる系譜にあるわけですから、その家系が如何に格別の流れをくむことか、ご理解いただけるでしょう。

さて、こうした一連の天つ神からの丁重な勅命を受けて、大己貴大神は国譲りを受諾するに至りました。「今後、顕露事《あらわなること》は皇孫に任せ、自分は引退して幽事《かくれたること》のことを統治しましょう」と返答し、美しく立派な玉類を身に飾って、長久に隠れたとされます。その隠れた先が、天日隅宮つまり出雲大社であったということになるのでしょう。

蛇足ながら、この『日本書紀』の神話伝承が基となって大国主大神、出雲大社、あるいは出雲は、目に見えない神々の世界の中心地という信仰や意識が醸成されていきました。目に見えぬ人と人、男と女の縁を結ぶのは、出雲の神様が治める「神事」、「幽事」、すなわち神々の世界の範疇。縁結びといえば出雲の神様という信仰や神在月に全国の八百万神がこの地に参集する伝承もまたこの神話が鍵を握っているようです。

物言わぬ皇子と出雲大社の修造—『古事記』中巻、垂仁天皇の伝承

再び『古事記』に戻りましょう。(D)は『古事記』中巻の垂仁天皇(第十一代天皇)の記述として見られる、いわゆる「物言わぬ皇子」、本牟智和気御子の伝承です。ここにも出雲大社の社殿造営をめぐる重要な記述があります。その要旨を述べてみましょう。

垂仁天皇は皇子の本牟智和気御子が青年期を迎えようとする頃になっても、ものをしゃべる

ことが出来ず大変憂いていました。あるとき寝ていると夢の中でお告げがありました。それは「我が宮を修理ひて、天皇の御舎の如くせば、御子、必ず真事とはむ」とのお告げです。目を覚ました天皇が、一体何という神のお告げか、と占いましたところ、それは出雲の大神の祟り、心によるものと判明したというのです。天皇は、早速、その御子に出雲大神の宮を拝むように命じ、出雲へ向かわせます。出雲大神を拝した帰りのこと、ふとした出来事をとおして御子は、突然言葉を発し、おしゃべりすることが叶いました。それを聞き及んだ天皇は大変に喜んで、別の御子を出雲へ再派遣して、神の宮を立派に造り上げた、といったところです。

この場合、出雲大神とは大国主大神を示すものと思われます。ここで大切なのは、その大神が天皇に対して、自分の住まいする神殿を、「天皇の御舎」つまり天皇の御殿と同じように修造することを求めていることです。そして、その申し出に対して天皇は、ついに壮大な神殿を造り上げることで応えたことが読み取れるのではないでしょうか。

『古事記』中巻（垂仁天皇）

（D）

其の御子を率《ゐ》て遊びき。然《しか》くして、是の御子、八拳鬚《やつかひげ》の心前《こころさき》に至るまで、真事《まこと》とはず。故、今高く往《ゆ》く鵠《くぐひ》の音《おと》を聞きて、始めてあぎとひ為《し》き。爾《しか》くして、山辺《やまのへ》の大鶙《おほたか》〈此は、人の名ぞ〉を遣《つかは》して、其の鳥を取らしめき。

（略）

亦《また》、其《そ》の鳥を見ば、物言《ものい》はむと思ひしに、思ひしが如く非《あら》ず、物言ふ事無し。

是《ここ》に、天皇《すめらのみこと》、患《うれ》へ賜《たま》ひて、御寝《みね》しませる時に、御夢《みいめ》に覚《さと》して曰《い》はく、「我《あ》が宮《みや》を修理《つくろ》ひて、天皇の御舎《みあらか》の如くせば、御子《みこ》、必ず真事《まこと》とはむ」と、如此《かく》覚《さと》す時に、ふとまにに占相《うらな》ひて、何《いづ》れの神の心ぞと求めしに、爾《そ》の祟《たた》りは、出雲大神《いづものおほかみ》の御心《みこころ》なりき。故《かれ》、其の御子を、其の大神《おほかみ》の宮《みや》を拝《をろが》ましめに遣《つかは》さむとする時に、誰《たれ》人を副《そ》はしめば、吉《よ》けむとうらなひき。爾《しか》くして、曙立王《あけたつのみこ》、卜《うら》に食《あ》ひき。

（略）

故《かれ》、出雲《いづも》に到《いた》りて、大神《おほかみ》を拝《をろが》み訖《をは》りて、還《かへ》り上《のぼ》る時に、肥河《ひのかは》の中に、黒《くろ》き樔橋《すばし》を作り、仮宮《かりみや》を仕《つか》へ奉《まつ》りて坐《いま》せき。爾《しか》くして、出雲国造《いづものくにのみやつこ》が祖《おや》、名《な》は岐比佐都美《きひさつみ》、青葉《あをば》の山を餝《かざ》りて、其《そ》の河下《かはしも》に立て、大御食《おほみけ》を献《たてまつ》らむとせし時に、其の御子《みこ》の詔《のりたま》ひて言ひしく、「是《こ》の、河下にして、青葉《あをば》の山の如《ごと》きは、山と見えて、山に非《あら》ず。若《も》し出雲《いづも》の石硐《いはくま》の曾宮《そのみや》に坐《いま》す葦原色許男大神《あしはらしこをのおほかみ》を以《も》ちいつく祝《はふり》が大庭《おほには》か」と、問ひ賜《たま》ひき。爾《しか》くして、御伴《みとも》に遣《つかは》さえたる王等《みこたち》、聞き歓《よろこ》び見喜びて、御子をば檳榔《あぢまさ》の長穂宮《ながほのみや》に坐《いま》せて、駅使《はゆまのつかひ》を貢上《たてまつ》りき。

（略）

是《ここ》に、覆奏《かへりこと》して言ひしく、「大神《おほかみ》を拝《をろが》みしに因《よ》りて、大御子《おほみこ》、物詔《もののりたま》ひき。故《かれ》、参《ま》ゐ上《のぼ》り来《き》つ」といひき。故《かれ》、天皇《すめらのみこと》、歓喜《よろこ》びて、即ち菟上王《うなかみのみこ》を返して、神宮《かみのみや》を造《つく》らしめき。

『新編日本古典文学全集一　古事記』小学館

『日本書紀』崇神紀、斉明紀に見える伝承記録

なお、この他『日本書紀』崇神天皇六十年の条に「出雲大神の宮」という表現が見られますが、続く垂仁天皇二十六年の条と共に、いわゆる出雲の大神の神宝を天皇が検校しようとする伝承（神宝検校伝承）が主で、出雲大社の創建については詳しく触れていません。

また、やや時代が下がりますが、『日本書紀』斉明天皇五年の条には、天皇が出雲国造に命じて「神の宮を修厳はしむ」との記述が見えます。この「神の宮」が出雲大社を指すとすれば、西暦六五九年に修造があったことはほぼ歴史的な事実ととらえることが出来るでしょう。この「神の宮」については、熊野大社（現、松江市八雲町鎮座）と見る説も知られています。これらの記述は紹介するにとどめておきます。

出雲大社の祭祀と神殿の特質

これまでご紹介しましたように、出雲大社の創建をめぐる神話伝承は、記紀の中に繰り返し

語られています。その特徴をいくつかまとめてみたいと思います。

まず、出雲大社は、神話に登場する頻度が他の神社に比べて断然高いことが指摘できます。また、どの時点をもって出雲大社の創建とするかは、諸説わかれるところですが、その神話の内容にしたがえば、いずれも造営、修造、つまり建築を行う主体者は、高天原、天つ神、天皇というういわば天上界、中央政権側にあって、その目的は、地上界の出雲の大神、出雲の大国主神を奉齋、鎮め祀ることにあったと読み取れます。ただちに史実に直結させることは困難ですが、国家の歴史書に詳述している事実からすれば、往事の朝廷にとって出雲大社を造営、修造し、出雲大神を丁重に祀ることは、極めて重要な国家的課題、命題であったと想像されます。

次に、神話の中で繰り返される建築の具体的な描写が指摘できます。「底津石根に宮柱ふとしり、高天原に千木高しりて」、「柱は高く大く、板は広く厚く、云々…」などの高大な神殿を想起させる記述です。こうした建築内容に関する記述も記紀に登場する他の神社にあまり見られないものです。やはり、記紀の編纂にあたり、出雲大社の壮大な姿は特筆すべきことがらであったと見るべきでしょう。

もう一つ忘れてはならない問題があります。それは、『古事記』の「天の御巣の如く」、「天皇の御舎の如く」、『日本書紀』の「天日隅宮」といった表現です。つまり、神話に見える出雲大社の造営、修造において、その神殿のあるべき姿、理想像として、常に高天原、天つ神や天皇の「宮」、「御舎」などが掲げられている点です。神話上の出雲大社の象徴的なモデルは、高天原の宮殿であり、天皇の御殿であったと指摘できます。

この点で看過できないのは、出雲大社の祭祀を語るうえでのある一つの特徴です。それは、かつて学芸員の頃に指摘した問題です。詳しくは拙稿（『伊勢と出雲の神々』「神明造と大社造の源流」錦田剛志　皇學館大学・島根県立古代出雲歴史博物館編　学生社　平成二十二年）に譲りますが、いわゆる出雲大社と「殿内祭祀」の問題です。

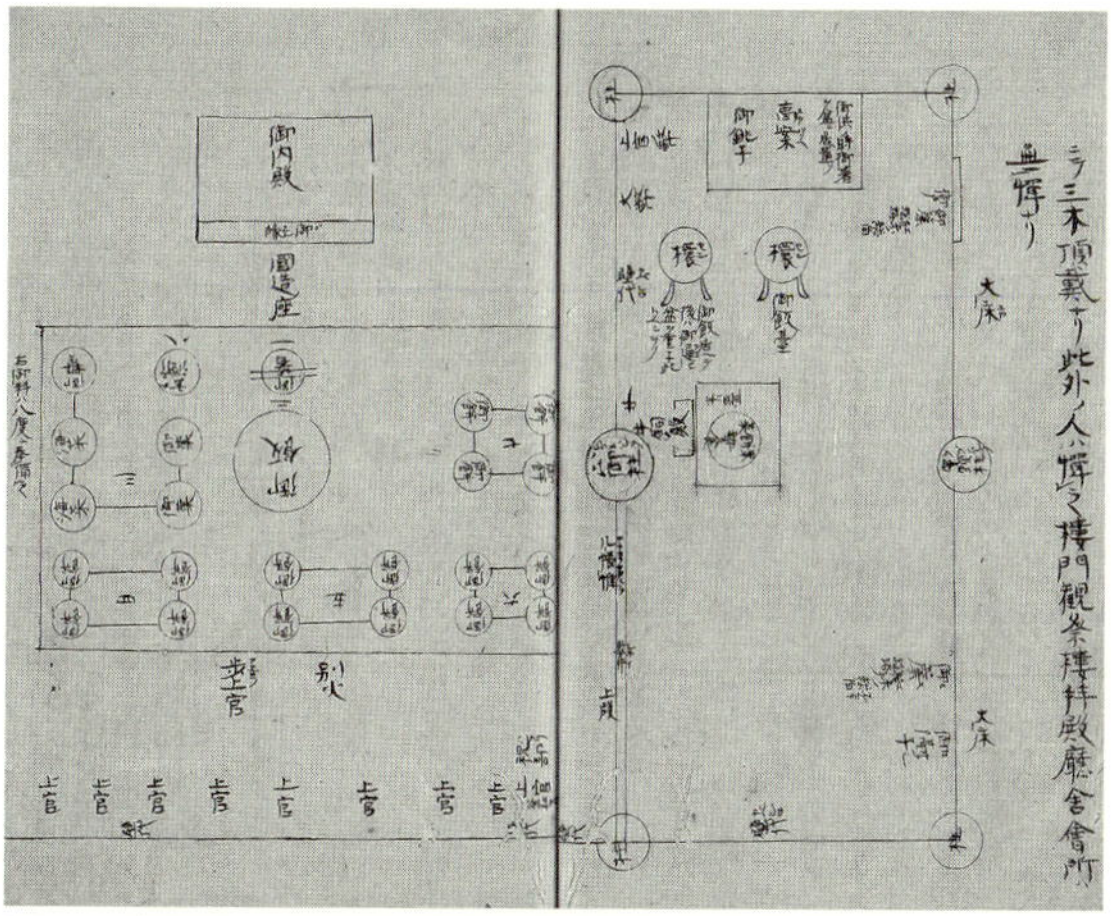

図１　本殿内の御供と神職の配置図（江戸時代前期）
出典／佐草自清「出雲水青随筆」（個人蔵）

実は日本各地の神社では、一般的には神社本殿は神様のみのお住まいであって、人間が殿内に入ることを拒みます。御殿はあくまでも神だけのものだからです。たとえば伊勢神宮の祭祀を思い出して下さい。重要な祭祀でも祭主、大宮司以下の奉仕者は、原則として、殿外の庭上で祭りを行います。いわば「庭上祭祀」です。

しかし、出雲大社の祭祀の歴史と伝統を顧みますと、あの大きな本殿の中に、国造をはじめ上級の神職らが参集し、御祭神に供物を捧げ、丁重な祭りを行っていた可能性が高いのです。

図1（前頁）、図2（左頁）を御覧いただけますでしょうか。図1は、江戸時代前期の図ですが、本殿内部での祭祀の様子がうかがえます。出雲の「国造」つまり宮司が「御内殿」の前に神様を背にして位置し、眼前の大きな机の上に、たくさんの供物が献上されていることがわかります。その机の手前には、「上官」ら神職が侍っています。もしかしたら、国造が神様の身代わりとなって供物を食する、いわゆる神人共食の儀礼が行われていたのではないでしょうか。ただし、明治初期以後はこのような祭祀は行われていないと聞き及んでいますが…。図2は江戸時代末頃のものです。この図からも多くの奉仕者が本殿内に参入していることがわかります。

出雲大社以外の全国の神社本殿では原則として見られない「殿内祭祀」。実はこの「殿内祭祀」が明確に認められる事例が、少なくとも数例知られています。その代表が、天皇陛下が祭主として毎年奉仕される宮中の神嘉殿における新嘗祭や即位時の大嘗宮における大嘗祭です。この際、天皇陛下は、殿内において神々に供物を捧げ祭りを行われると共に、自らもその神饌神酒を戴かれるいわゆる神人共食、相い嘗めが行われるとされています。記紀神話などに見える天皇と神々（御神体）が同じ御殿にあって床を共にする、いわゆる「同床共殿」の祭祀形態を彷彿とさせるものです。

つまり、天皇の伝統的な「殿内祭祀」は、出雲大社におけるかつての出雲国造が行った「殿内祭祀」の有り様と極めて類似性があるのではないか、ということです。天皇と出雲大社の祭祀形態が、実は同様の形態もしくは構造であった可能性が指摘できるのです。このことは、出雲国造の祖先神、天穂日命が、皇祖神、日の神たる天照大神の第二御子神であることとも大いに関係するのではないでしょうか。

まとめにかえて――神話が歴史を創造する

図２　本殿内及び座配の図（江戸時代後期）出雲大社教蔵（写真はレプリカ 提供／島根県立古代出雲歴史博物館）

長々と述べてきましたが、この辺でまとめてみたいと思います。出雲大社の創建に関する神話を今一度、丁寧に読んでみると、平素忘れがちな大切な問題が多々潜んでいることに気づかされます。その要点を以下に列記してみましょう。

（一）出雲大社の造営、修造は繰り返

し語られるほど、古代社会において極めて重大事であった。
（二）出雲大社の造営、修造の目的は、あくまでも出雲の大神、大国主大神を鎮め祀るためであり、その主体者は、高天原、天つ神、天皇の側にあることを中心とする。
（三）出雲大社の建築をめぐる描写は、高大な社殿を想像させるもので、他の神社にはない具体的な記述が認められる。
（四）出雲大社の象徴的なモデルは、「天の御巣の如く」、「天皇の御舎の如く」、「天日隅宮」などの表記からして、高天原の宮殿であり、天皇の御殿であった可能性がある。そのことと、天皇の宮中祭祀と出雲国造の出雲大社における「殿内祭祀」をめぐる伝統と歴史の類似は、大いに相関性があるのではないか。
（五）出雲大社の祭祀と神殿は、高天原、天つ神あるいは天皇が、国つ神のためになしうる最も格式高い建築様式、祭祀形態を採用したものではないか。さらに、その奉仕者も同様で、天照大神の直系である天皇に次ぐ、天照大神の第二御子神、天穂日命の直系である出雲国造をもってして、このうえない丁重な祭祀を期したのではないか。

今日、改めてあの出雲大社を拝し、天にそびえる高大な社殿を仰ぎ見るとき、そこに侍る出雲国造をはじめとする奉仕者、大神のおかげに感謝し、祈りを捧げる数多の参拝者の心に想いを馳せるとき、これら神話の語るものが、次々と眼前によみがえってくるのは、一人私だけでしょうか。

神話は決して過去のものではないのではありませんか。神話とは、時を超えて生き続け、実は繰り返し繰り返し未来を創造するものと思われてなりません。

かつて小泉八雲が、「出雲はわけても神々の国」と出雲地方に残る古き良き文化を讃えたことは皆様がよくご存知のことと思います。とりわけ、松江に赴任した八雲の杵築大社（出雲大社の古称）へ詣でたいという心の高鳴りは如何ばかりであったことでしょう。彼の著作の随所からその思いの程がうかがい知れます。明治二十三年九月、ついにその希望が叶えられます。その感慨を、彼は次のように書き残しています。

杵築を拝観できたということは、ただ立派な神社を見学した以上の意義があった。杵築を見るということは、今も息づく神道の中心地を見ることであり、十九世紀になった今日でも、脈々と打ち続いている古代信仰の脈拍を肌身で感じ取ることである。神道の計り知れない悠久の歴史を考えれば、『古事記』などは、現代の言葉からはほど遠い古語で書かれているとはいえ、ごく最近の出来事の記録集にしかすぎないであろう。

「杵築―日本最古の神社」小泉八雲　池田雅之訳

はるかに時をさかのぼり、平安時代の末頃、百人一首で知られる歌人、寂蓮法師もまた、参詣の感動を次のように詠じています。

出雲大社に詣でみ侍りければ　あまぐもたなびく山のなかばまで　かたそぎの見えけるなん
このよのことともおぼえざりけるによめる
やはらくる　光やそらにみちぬらん　雲にわけいる　千木のかたそぎ

典拠『夫木和歌抄』

時を超えて二人の文化人が詠嘆したのは、その社殿の荘厳な姿かたちにとどまらず、その眼前において、神代さながらに、出雲国造をはじめ神仕えする者たちが大国主大神を齋《いつ》き祀っている姿そのもの、いわば「神話のもつ現代性」、「いにしえから続く祈りの心の永続性」といったものではなかったのでしょうか。彼らもまた、「神代いま此処にあり」とでもいうべき感動、心の躍動があったのではないかと想像しています。

皆様も出雲大社をはじめ出雲路を訪れていただきまして、五感と感性を研ぎ澄まし、神々の息吹にふれながら、いざ神話の世界へと、心の旅にお出かけなさることをお勧めいたします。

引用・参考文献
『出雲大社御由緒略記』出雲大社社務所編
『古代出雲大社の祭儀と神殿』錦田綱志他共著（学生社）

小泉八雲と美保神社

横山宏充

美保神社界隈

小泉八雲の業績を辿っていきますと、日本人が忘れていた様々な良き習俗が思い出されます。今こそ何とかしなければならないと、ぎりぎりのところに来ているのではないかと考えています。

さて、まず美保神社の概要を説明したいと思います。ご存知のように、島根県の島根半島の東端にございます。小泉八雲の作品の中に出雲大社が度々出てきます。実は美保神社と出雲大社は島根半島の東と西に位置しております。大国主の神様は西を向いてお鎮まりをされております。日が沈む方角です。美保神社の御祭神は東を向いておられます。ですから、恵比須様と大黒様は出雲の国の東と西の守り神という設定です。

この半島の内には、神社仏閣がたくさんあります。古代より栄えたことは様々な方が指摘しておられますが、『古事記』一三〇〇年を機に様々な方面から『古事記』についてお話が出てきています。また出雲大社の御遷宮もあります。それから伊勢の御遷宮もあります。そして、二〇二〇年は『日本書紀』編纂一三〇〇年にあたります。しばらくの期間、日本神話が様々な方面で話題になると思います。

現在の美保関

八雲は松江を中心に、明治二十三年八月から一年三ヶ月ほど滞在していました。現在の美保関《みほのせき》は上の写真ような漁村ですが、昔はもっと風情がありました。今は自動車道路がありますが、当時はありませんでした。明治のころは船で入る場所でありました。山陰線が開通したのが明治四十五年でしたから明治二十三年に小泉八雲がみえた頃には、まだ姫路までしか鉄道ができておりませんでした。姫路から人力車で山越えをして、船に乗り継ぎ松江まで四、五日かかったと言われています。

美保神社の御祭神についてお話しましょう。美保神社は二棟造りになっております。向かって右には、稲穂をもって美保の地に下られたという三穂津姫命です。この神様は天つ神系ですが、後の大国主大神様のお妃になっておられます。そして向かって左の右殿には、事代主神がお祀りされています。この神様は大国主大神の第一子です。

美保関は、海上交通時代非常に栄えたところです。松江に入るための物流の大拠点でした。美保関から小舟で松江に向かったというルートがあったようです。江戸から明治にかけて、北前船の集積地で大変な賑わいを見せていました。最盛期にはこの美保関港内に芸者が百二十人もいたという記録もあります。八雲はあまり芸者には興味がなかったそうですが……。

左頁上の図は慶応二年の美保関港図です。このような北前船が頻繁に出入りをしていました。海の関所ができましたのが、室町時代ですからそれまでは美保という地名でした。関所ができたために美保関となりました。左下方に見えている築港は天保年間に黒船対策として作られた防波構築物でこれは全国でも珍しい遺構だそうです。

神社を中心にしてこの町は栄えたわけです。この港に一度に百二十七槽の北前船が入ってきたという記録もあります。時代が下りまして、小泉八雲は明治二十三年に松江に赴任していますが、左頁下の図が明治二十年ころの美保関の情景絵図です。蒸気船が見えます。また外国の帆船や猟師の小舟も見えます。こうしたものが混在していた時代でした。まだ鉄道が開通していませんでした。

小泉八雲は嶋屋という旅籠《はたご》を定宿に滞在していました。通算しますと、嶋屋に泊っていたのが五十日くらいでした。非常に長く滞在していたのですが、あまり美保関については詳しく書いていません。おそらく家族と共に仕事を忘れてのバカンスを楽しんでいたからでしょう。

明治十八年には美保神社は国幣中社になりました。つまり国家管理の神社です。この頃は美保関に軍艦が頻繁に入ってきて、神社側の対応では、小泉八雲の接待まで手が回らなかったと

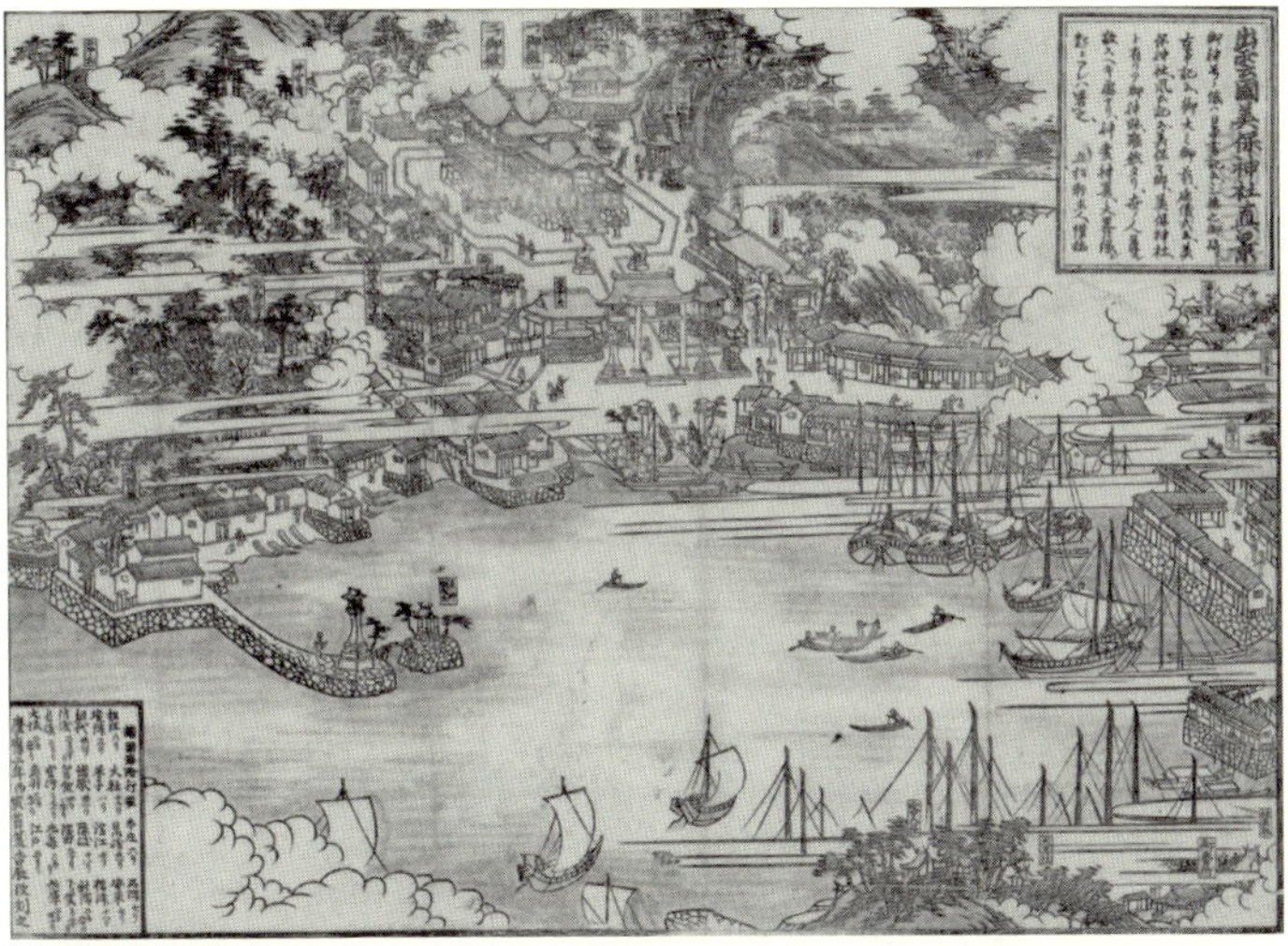

美保関港図（慶応２年）

美保関の情景絵図（明治 20 年頃）

いうのが実情のようです。八雲の伴侶のセツさんは出雲大社宮司の千家さんの遠い親戚にあたりまして、八雲が出雲大社に参拝される折にはしっかりとした対応がなされたようですが、美保神社ではこうしたことがありませんでした。普通の人と同じ

関の五本松

ようなもてなしをしていたようです。

　小泉八雲は美保神社についても多くは書いていなかったようですが、本当はもう少し書いてもらえると、たくさんのことがわかったと思います。

美保関の伝承

　八雲は明治二十三年に松江においでになるのですが、はじめて美保関にみえたのは明治二十四年の八月末でした。小泉八雲は水泳がお好きで、これがなりよりの楽しみでした。最初に美保関にみえたときに、「関の五本松節」〈関はよいとこ朝日を受けて　大山おろしが　そよそよと〉という民謡を早速、英訳されて

裏山から見た港風景

います。
右頁の写真が関の五本松です。美保関には多くの芸妓がおりまして夜昼大変な賑わいを見せていたようです。
左頁の写真は裏山から見た港風景です。こういう景観の中で、小泉八雲は何を考えていたのでしょうか。
小泉八雲が特に気に入った話で、美保関では鶏と卵がご法度だと書いていますす。それはどうしてか。その逸話と伝承が残っています。書かれたもので残っているわけではありません。恵比寿様は一面、人間的な神様でして、対岸に揖屋《いや》という処がありまして、そこに非常に美しい女性がいて、夜な夜なお通いなさっていました。いつも朝方、鶏が鳴く声を合図に帰っていっらっしゃいましたが、ある時、鶏は時を間違えて夜中に鳴いてしまった。さあもう帰らなくてはならないということで、つい櫂を忘れて手で漕ぎ出し、そのために恵比寿様はワニに手を噛まれてしまった。そこでこの地方では、以来鶏・卵鶏肉はご法度と相成った、という伝承です。

この言い伝えは本当かどうかわかりませんが、ただ神話にしても伝承にしても、そこには深い意味があると思います。それは、餌までやって育てた鶏を、人間が食べてしまうよりは、目の前にある海から蛋白質の魚を獲ればいいという教えの一つではないかとも思います。それをこういう形で上手く伝えていくということです。神話や伝承の奥にあるものを我々は理解しないといけないと思います。今でも美保関では、卵はお祭りのときは食べません。一般の人でも敬神の念の厚い人は、今でも卵や鶏肉を食べません。

美保関に遊ぶ

八雲が二回目に参拝した時は、美保神社日記によれば明治二十五年九月二日となっています。英国人、熊本県師範学校教授、熊本県からわざわざセツさんを伴って美保関へ来て、この時は十日間を過ごされています。巫女神楽をご覧になっています。

明治二十五年は、まずは福間館というところで昼食をしたと書いてありますが、それから県知事の篠崎五郎さんという知事がいらしていたので、山根旅館に行って知事に挨拶して、それから定宿である嶋屋に行っています。

付き添いの西田千太郎さんが克明にメモを取って、その辺の足取りもわかっています。お泊りになった時に、住まいのお手伝いをしたのが恩田かねさんという方でした。私が小さい時はかねさんはまだ元気でしたので、話を聞いておけばよかったと思います。実はこのかねさんの息子さんが、恩田稔さんといいまして、私の家の執事を長い間されていて話を聞いています。その際に、かねさんがセツさんの髪を結った時に数珠のようなもので髪を束ねてさし上げたということです。その数珠（写真上）は今も残っています。かねさんに、鶏の卵はありますかと八雲が問いかけたら、あひるの卵はありますと答えています。

かねさんがセツさんの髪を結った数珠

その当時は軍艦が美保湾に毎日のように入ってきます。次頁の絵はがきは大日本帝國軍艦の三笠ですが、当時の軍艦はこういう形です。この軍艦見たさに、はし

大日本帝国軍艦の三笠

け、いわゆる小舟に町の人たちと共に小泉八雲も飛び乗って行きます。芸者も乗ってタバコを吸っていた芸者に体が当たって、その芸者が「あちち」と言ったということが『日本瞥見記』に書かれています。その時、時間がなくなってしまい、小泉八雲は軍艦には乗れませんでした。

小泉八雲は明治二十七年熊本から神戸へ赴任します。明治二十九年八月には美保関へ長期滞在。長男一雄を伴ってのバカンス、水泳三昧の時を過ごしました。

小泉八雲は日本で百九十一人目の帰化人だったということですが、このときの神社日誌には「大日本帰化」と明確に記載されています。この時家族は五人と記載されています。

滞在最後の日に、神社にお暇乞いにお参りをしています。八雲は来年も来たいとおしゃっていた

加鼻海水浴場

ようですが叶いませんでした。これが最後の出雲旅行であったようです。

上の写真が水泳三昧を楽しんだという加鼻海水浴場です。これは明治二十一年に山陰海岸で二番目にできた国指定の海水浴場でした。海水浴場と呼んでいたようですが、明治十九年には大磯が日本で第一号の海水浴場として国の指定を受けています。この指定も、当時の籠手田安定知事がそういう情報を掴んで、国の予算をとってこういう海水浴場の設定をしました。この奥のほうに、別荘のようなものがありまして、今はありませんが、そこの別荘でも何日間か過ごしたそうです。大山《だいせん》が松の間からちょうど向こうに見えます。

さて、小泉八雲が文豪としていまだに語り継がれているのは、なぜなのでしょうか。彼は実に人に恵まれたということがあります。アメリカではずいぶん苦労をされました。ギリシアのお母さんとの別離もあって、家庭的に恵まれない環境で育ちましたが、山陰松江に来て、セツさんとの出会いがありました。そして西田千太郎という若い教頭と巡り合い、県知事の籠手田安定氏の知遇をえました。籠手田氏は長崎の平戸藩松浦家の一族で、明治維新になって県令職につきます。籠手田氏は、維新三舟と言われた勝海舟、高橋泥舟、山岡鉄舟等との交流のあった人物で、豪胆な人柄でしました。

籠手田氏のお嬢さんは二人いらして、八雲が病気になった時に鶯を鳥かごに入れて贈ったのがお嬢さんの一人、籠手田淑子さんです。その鳥かごが、今でも松江の小泉八雲記念館に残されています。左の写真は籠手田氏の奥様と淑子さんの手紙類です。その中身を読みますと当時の世相がわかって非常に面白いです。

手締めの起源と和譲の精神

さて、八雲が松江に着いて三日目に籠手田知事に面会。知事が、八雲に「出雲の歴史を知っているか」と尋ねます。八雲は「チェンバレン教授が英訳した『古事記』を読んだから、出雲の歴史の知識も多少持っている」と答えます。そして知事は、「なぜ神社にお参りするときは拍手を打つのか、その由来にまつわることを知っているか」と尋ねます。八雲が「知りません」というと、知事は「その話は『古事記』の注釈書に出ている。『古事記伝』の第十四の巻、三十二行に、ヤエコトシロヌシノカミが拍手を打ったことが記載されている」と教えました。

出雲神話の物語の中で、大きなウエイトを占めるのが国譲りの物語です。最後の方を読んでみましょう。「かれここに、アメノトリフネノカミを遣わして、ヤエコトシロヌシノカミを召して問いたもうときに、その父のオオカミに、『かしこし。この国は、アマツカミノミコに奉りたまえ』と言いて、すなわちその船を踏み傾けて、天の逆手《さかて》を青柴垣《あおふしがき》に打ち成して隠れましし。かれここにそのオオクニヌシノカミに問いたまわく、『今、あがこコトシロヌシノカミかく申し、また申すべきことありや』と問いたもう」という一節が『古事記』に載っております。『古事記』をつぶさに読んでみますと、三分の一が出雲の国の神様の物語になっています。これが出雲の国が神々の首都と言われる所以です。

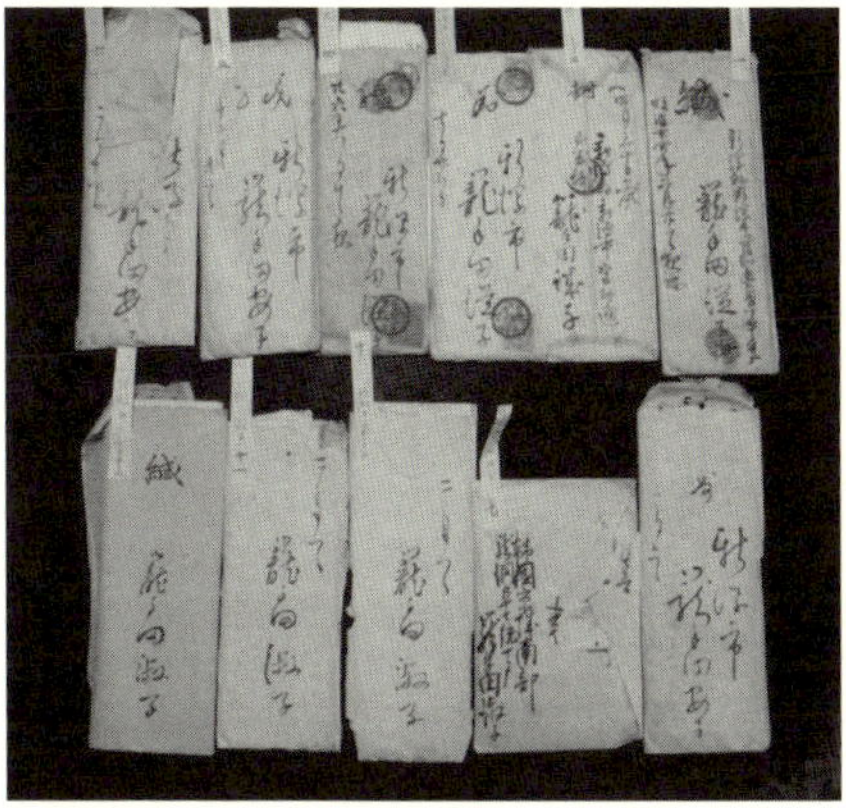

籠手田氏のご家族の手紙類

『古事記』の中に「天《あま》の逆手《さかて》」という言葉が出てきますが、宣長は『古事記伝』という書物の中でこれは

「さかて」と読むのではない。これは「さかいで」あるいは「むかいで」と読むのだと言っています。使神のアメノトリブネノカミとコトシロヌシノカミがお互いに問答をするのですが、そのときに交わす手打ちの仕方があります。その手打ちを相拍手と言います。古い神社に行きますと、現在でもこういう動作が行われているところがあります。この相拍手が「天《あめ》の逆手《むかいで》」と呼ばれる所作です。これは、現在も美保神社で十二月三日の諸手船神事で執り行われています。実はここに拍手、あるいは手締の起源があると言われています。手締というのは、諸手船の国譲りの物語に起源があるということです。

発布されて百二十年余になるのが、教育勅語です。籠手田知事が、「文明開化で西洋のあらゆるものを取り入れるのは、いかがなものか。日本の良き国体は残すべきではないか」という一節を残しています。そのことを明治二十三年の二月に地方官界で発言し、政府に建白書を出しています。そのことを受けて、明治二十三年の十月三十日に教育勅語が発布されることになります。これは明治天皇の名において行われたものですが、地方官、地方のトップが皆寄って国体の問題をどう示すべきか、「人間の徳のありかた」をまとめたものです。その伝達式ですが、十月三十日に発布されて、十一月十五日に、当時最高学府であった松江中学校で籠手田知事自ら伝達式を挙行しています。その場でそれを聞いていた小泉八雲は、この高尚な文言を英訳するのは非常に難しいということを書いています。

八雲が書いた「日本的な情景」をちょっと見てみましょう。これは『日本瞥見記』(平井呈一訳)の上巻ですが、「盆踊り」という作品の中で、こういう文章を書いています。美保神社の当時の崇敬者は、約十万人いました。中国山脈からこっち岡山、鳥取、広島、島根、そこを通るたびに何か白い矢を目にする。「そしてその数は、どんどん増えていく。見渡す限り水田に散在するその矢の眺めは、あたかも新緑の野原に白い花が点々と咲いているかのようであった」という記述があります。この美保神社の御札を田という田に立てて、豊作を祈ったのです。神社の当時の記録を調べてみますと御札を約二十万枚出していました。ですから、信仰心というのが非常に広範囲にあったようです。

数年前に小泉凡さんが、オックスフォード大学のビットリバース博物館に行き、チェンバレンのコレクションの中に、出雲の社寺の御札が七十点ほどあることを発見しました。八雲がチェンバレンさんに送った御札が、そこで保管されていたことがわかりました。

小泉さんもいずれ日本に持って帰って展示しようかと仰っていましたが、その当時の御札を現在でもそのまま使っているのは美保神社ぐらいです。

美保関についての記述はそんなに多くはないのですが、『日本瞥見記』の中の文章を見ますと、日本というのは素晴らしい国だということを言っています。礼儀が正しいということ、人間が優しいということ、それから祖先崇拝の素晴らしさということに感服しています。親が子を、子が親を、その先には連綿と連なる皇室が存在することの素晴らしさを発見している。

身近な親を仏としてあがめ、同族社会の氏神としての氏神様があり、その先に天皇を中心とした伊勢の神宮があり、人とエンペラーとの構図がちょっと西洋とは違うということを看破していた。実は彼は一神教を嫌っていました。多神教の世界、いわゆる母の国ギリシアの血を引いているからかもしれません。

先ほど、国譲りの話をしましたが、日本の国は和の国です。「譲る」という深い意味が、ちょっと外国では理解できない。何でも勝ち負けで決着をつけようとする。譲るということは、全く勝ち負けとは関係ないことです。それはどういうことか。コトシロヌシノカミは、アマツカミとクニツカミの融合を図りました。神名はあらゆることを知るという「コトシロ」から来ていますから、このことをちゃんとわきまえていた。その辺の知恵が、これからの世界平和には必要なことだと思います。

日本を救ったボナ・フェラーズ

西村六郎さんが平成十六年の九月の『文藝春秋』の臨時増刊号に日本を救った恩人のボナ・

フェラーズについて書いていらっしゃいます。八雲の作品が一米国人に与えた影響の大きさを知る上で重要な文章なので、ちょっと長いですが、ご紹介してみましょう。

昭和二〇年、連合国軍最高司令官マッカーサー元帥が敗戦国日本の厚木飛行場に降り立ったとき、その横にボナ・フェラーズという副官がいた。彼が日本に着いてまずしたことは、焦土と化した日本のどこかに、小泉八雲、ラフカディオ・ハーンの子孫を探し出すことであった。八方手を尽くして、ついに八雲の長男一雄氏を迎えて、高揚した彼は目に涙を浮かべ、妻子はどうしていると尋ねた。一家に食料を送り続け、一雄の長男時氏に職を見つけた。連合国による日本占領政策で最も大きな問題の一つは、天皇を裁判にかけるか、天皇制をどうするかということにあった。連合国や米国内でも天皇に対する厳しい意見が強かった。天皇に会って、天皇に好感を持っていたマッカーサーは大いに迷った。そのときフェラーズは、「天皇に関する覚書」という一文を綴り、これを元帥に渡していた。元帥は最後の決断を下すにあたって、何度もこの覚書に目を通したに違いない。「もし天皇を裁判にかけるようなことがあれば、日本中に暴動が起きる。平和的復興は困難になるだろう」元帥は結局、この意見に沿ったことになる。天皇は裁かれず、天皇制は維持されることになった。

フェラーズ副官は小泉八雲の心酔者であった。大学時代に日本からの女子留学生の話に興味を持ち、後に職業軍人の道を選んで、休暇で日本に来た折、日本に魅せられたらしい。再会したかつての女子留学生から、日本をもっと知りたければ、小泉八雲を読めと勧められて、彼は八雲を読みあさり、八雲の著書をほとんど読みつくし、自ら「ハーンマニア」をもって任じていた。「天皇に関する覚書」は、副官を通じた八雲の声であった。

何がフェラーズをして八雲に心酔させたのか。八雲は日本に何を見、何を書いたのか。明治二十三年、四十歳になろうという年に、八雲は米国から日本にやってきた。当初は、明治の日本の景観に魅了された。名峰富士に感嘆し、浅い緑から紫まで様々なニュアンスを帯びた山並みや、靄のかかったような柔らかい空気に心を和まされた。人々も町並みも小人の国か、広重や北斎の版画をみるようだ。好きな青い色や紺色を地にしたのれんや幟に漢字が踊っている。

しかし彼の目は、次第に外面的な景観から日本人の心に向けられていった。来日した年に英語教師として就職した松江の中学校で、一番の望みは何かという問に、多くの生徒が天皇陛下のために命を捧げることです、と答えたことに大きな感動を受けた。どこの家にも神棚や仏壇があって、人々が神々や仏とともに暮らすということに、母の祖国ギリシアの神話を思い出した。この奇妙な外人に送られる微笑に松江の人たちの優しさを感じた。迫り来る津波に気づかぬ村民を呼び寄せるため、丘の上にある我が家のすべての稲村に火を放った浜口五兵衛の話。また夜店に並べられた安い手作りの玩具に見られる庶民の美的感覚に感心した。

彼はそういう見方から伝承、紀行、昆虫の研究、輪廻にまつわる仏教と進化論の論説、人情を巧みに歌った民謡、そして日本人の過去と未来の展望など、日本に関する十一冊の本を書いた。それらはすべて英語で書かれ外国で出版されている。そこに書かれているのは、古くから日本人の国民性となっていた美徳、すなわち敬神、忠義、孝行、克己、勇気、勤勉、礼節、親切、自我を省みない献身などであった。そこに満ちているのは、物質的には大きな発達を遂げていたが、粗野な暴力、先人の血で贖われた「自由」を貪る自己主義、利己主義のはびこっていた米国では稀になった、利得に疎い精神主義であった。

八雲はこれらから受けた感動を西洋人に伝えようとしたのであり、フェラーズ副官はその八雲の思いに共感し、美徳の報恩を実践したのであった。八雲の描いたのは、大正時代に駐日フランス大使を務めた詩人で劇作家のポール・クローデルが称えていた「貧しいが高貴である」日本人であった。

日本の天皇

この西村六郎氏のエッセイは、この時の『文芸春秋』の編集者であった現松江市観光文化プロデューサー高橋一清氏の御教授によるものです。ボナ・フェラーズは八雲への「美徳の報恩」の実践者としての、日本を救った人と言えますが、彼に絶大な感化力を持った八雲こそが、まさしく今日の日本を守った恩人と言えないでしょうか。

さて私がここで一つ申し上げたいことは、外国のエンペラーと日本の天皇がどう違うのか、どういう質的な違いがあるのかということを申し上げておきたい。

我々神社の世界では、特に陛下は祝詞の中で、昔から大帝というふうに言われています。そして、国民のことを「おおみたから」と呼んでいます。外国のエンペラーは窮地に立たされると国外に逃亡するのが普通なのですが、日本の天皇は身を呈して逃げたり致しません。武力を持つか持たないかの違いもあります。日本の天皇は御自身が武力をお持ちになったことは一度もありません。常に国民のためを思って日々の生活をなさっておいでです。

陛下が年の始めに何をなさっておいでかを御存知ですか。元旦の早朝五時、庭上における四方拝といって、天地四方の神々に国民の平安を祈られる儀式があります。それも起拝という最も丁重な拝礼のし方で行われます。一国の君主がこのような形で国民を思いやるという国が他にあるのでしょうか。小泉八雲がこのことを御存知か否かは知りませんが、知っていればきっと深い感銘を覚えられたことだろうと思います。

日本の未来を予測

最後に小泉八雲の日本を見る先見性について、ご紹介させていただきたいと思います。

だがその過去——日本の若い世代が軽蔑すべきものとみなしている自国の過去へ、日本人が将来振り返る日が必ず来るであろう、ちょうど我々西洋人が古代ギリシア文明を振り返るように。その時日本人は昔の人が単純素朴な喜びに満足できたことを羨しく思いもするだろう。その時はもう失われているに相違ない純粋な生きる喜びの感覚、自然と親しく、神の子のようにまじわった昔と、その自然との睦じさをそのまま映したありし日の驚くべき芸術——

そうした感覚や芸術の喪失を将来の日本人は残念な遺憾なことに思うだろう。その時になって日本人は昔の世界がどれほど光輝いて美しいものであったか、あらためて思い返すに相違ない。その時になって彼等は嘆くにちがいない。いまは消え失せてしまった古風な忍耐や自己犠牲、古風な礼儀、昔からの信仰にひそんだ深い人間的な詩情……日本人はその時多くの事物を思い返して驚きまた嘆くに相違ない。とくに古代の神々の顔を見、表情をみなおして驚くに相違ない。なぜならその神々の微笑はかってはは日本人自身の似顔絵であり、その日本人自身の微笑でもあったのだから。

『明治日本の面影』「日本人の微笑」小泉八雲著　平川祐弘編

百十年前に、彼は日本がこうなるだろうという予測をしました。その先見性には鋭いものがあると感じております。小泉八雲が残した足跡を我々はどう生かしていったらいいのか。我々自身がもう一度思い返し、見直し、問い直しをする時期が今であると思います。彼の魂は不滅です。

日本の原風景—ほんとうの日本「山陰」

高橋一清

古代出雲の遺跡が残る松江。ラフカディオ・ハーンが親しんだ松江。四百年前に築かれた城のある町、松江。私は今、その町に住んでいます。町中には宍道湖からの水を引き入れた水路が幾筋もあって、私の寓居にも水の気配が忍び込んできます。八年余の暮しを通して、今に伝わる『古事記』の時代の雰囲気、またハーンを迎えたこの町の風光と人々の人情をお話しします。

出雲の国

東京方面から松江への交通で、空路を使って、出雲空港、また米子空港へ向う時、着陸態勢に入る頃に左窓から大山《だいせん》が眺められます。鉄道の場合は、伯備線で中国山脈の分水嶺を越えてしばらくすると、進行右側車窓に、この大山が見えます。標高千七百二十九メートルの剣ヶ峰を最高峰にして、多数の峰が連なってそびえる大山を、鳥取の人は「伯耆《ほうき》富士」といい、島根の人は「出雲富士」と称して、ともに心の拠り所にしています。ハーンも、特別なものを感じていたようで、「何という素晴らしい幻影であろうか！　大橋から東の方角の地平線に、鋸《のこぎり》の歯のような稜線《りょうせん》を描く、緑や青の美しい山々の連なりを望むと、神々しい幻影がひとつ空にそびえ立っているのが見える。山裾が遠くの霞《かすみ》に霞《かす》んで見えないので、空中にその幻影だけが浮かび上がっているようである。下の方は透き通った灰色で、上は白く霞み、夢かと見まがう万年雪をたたえた悠然《ゆうぜん》たる、幻のような高嶺《たかね》——それが、大山《だいせん》の雄姿である。」(池田雅之氏訳)と「神々の国の首都」に記しています。

この大山は『出雲国風土記』に記されている「出雲神話」のひとつである「国引き」ゆかりの山です。

素戔嗚尊《すさのをのみこと》の子孫にあたる八束水臣津野命《やつかみづおみつぬのみこと》は、出雲の国を大きくしようと、朝鮮半島や北陸地方に綱をかけて、「国来《くにこ》、国来《くにこ》」と声をあげ、出雲国に引き寄せました。それが、今日の島根半島の西端、日御碕や同じく東の端の地蔵崎などで、この時に使われた太い綱が、出雲市大社町の薗《その》の長浜、鳥取県の米子市と境港市にわたる弓ヶ浜半島、綱をつないだ杭は三瓶山《さんべさん》と大山であったといいます。

大仕事を終え、持っていた杖を命《みこと》が杜《もり》につき立て、「おえ」と口にしたことから、この地は「意宇《おう》」と呼ばれるようになったと『出雲国風土記』に書かれています。気宇壮大な話です。話から、私は島根半島の地形の成り立ちはともあれ、古い時代の人々の往来を想像するのです。ちなみに、「意宇」の地名は、松江市の一角にあり、「意宇川」は古代出雲国の遺構が数多く残る一帯を流れ、中海へと注いでいます。当地では『出雲国風土記』また『古事記』や『日本書紀』に記される地名が、現在も数多く住所表示に使用されているのです。

大山と三瓶山の間の地域を、私は古代出雲国が支配していた土地ととらえています。それにしても、律令時代の国の区分には感心します。何より気候が違うのです。それによって作物が変ってくる。すなわち、食物の違いがあります。暮しが違い、考え方も異ります。言葉も違います。大山の西、三瓶山の東の地域の言葉がいわゆるズーズー弁という出雲弁が遣われる土地です。大山の麓の伯耆は出雲の勢力圏で影響を受けていますが、大山の東の因幡《いなば》、三瓶山の西の石見《いわみ》に入ると、言葉から出雲の訛りは消え、天候も変ります。それぞれ独自の暮しがあり、文化、伝統があります。

ハーンが初めて夕日を書く

出雲の中央に位置するのが松江です。この町の宍道湖の夕日は、人々を魅了してやみませんが、それを文章に書いたのは、百二十数年前に松江に来たハーンが最初です。ハーンの文章によって宍道湖の夕日は、一躍有名になりました。

ハーン以前に松江に来た文人墨客の書き残したものを見ても、この天下の絶景といっていい宍道湖の夕日を詩文に残していないのです。『新古今和歌集』に西行法師や藤原定家とならび、「三夕《さんせき》の歌」で知られる寂蓮法師も、文治六（一一九〇）年春に出雲大社を参詣し、この地を巡りますが、夕日の歌は、私の知る限りありません。「三夕の歌」そのものも、暮れなずむ景色を歌うもので、夕日の輝きなどは歌われていません。歌に詠む対象とはならなかったのでしょう。日本人の美意識は、夕陽そのものでなくて、それによってかもし出されるものを賞《め》でるものであったのでしょう。それは、ハーンの夕日の文章が出るまで続きます。

湖の西の果てから一条の光の筋が差し、日は没します。そして残光が西の空を燃やし、雲を照らして、人々を、松江の町を淡い紅色につつみます。宍道湖の荘厳な夕映え、これはまさに神の御業《みわざ》です。

「国譲り」をめぐって

自然環境に恵まれた山陰には古くから人が住み、固有の文化を築き上げました。島根には旧石器時代後期の人類の痕跡が七十ヶ所もあることがわかっています。縄文時代の遺跡も島根半島、宍道湖畔の随所にあり、朝鮮半島系の土器や籾《もみ》のあとが付いた土器が出土しますから、大陸と交流し、早くから稲作もしていたと考えられます。

松江市乃白町《のしらちょう》の松江市立病院に隣接する田和山《たわやま》遺跡は、弥生時代の、めずらしい三重環壕です。山頂部、環壕部、環壕外部の傾斜部の三区域からなり、山頂部は南北三十メートル、東西十メートルの平坦地で、そこに大社造りの建物を思わせる九本のまとまりのある柱穴や柵のあとが確認できます。それを防禦《ぼうぎょ》するように環壕がめぐらされています。環壕といえば環壕集落を思いおこしますが、発見された十一棟の竪穴住居は環壕の外側にあり、この環壕は山頂部を守っているのです。こうしたことから古代人の生活習慣、祭り、戦いの様子などをめぐって、古代史研究家の関心を集めています。また、出土品の石板は朝鮮楽浪の硯と類似していて、『魏志倭人伝』の記述との関連がいわれているのです。

この田和山の遺跡の施設が機能を失った同じ弥生時代の中期末から後期のものといわれる出雲市斐川町の荒神谷《こうじんだに》遺跡から、昭和五十九（一九八四）年に三百五十八本の銅剣が、翌年には銅矛十六本、銅鐸六個が出土しました。それから十二年後の平成八（一九九六）年、近くの加茂岩倉《かもいわくら》遺跡から三十九個の銅鐸が出土しました。一ヶ所から、これほど大量に発見された例はなく、こうしたことから、かつてこの土地に一大勢力を持つ国のあったことが疑いようもないこととなりました。斐伊《ひい》川の下流域、堆積によってできた簸川《ひかわ》平野の地下数メートルのところには、途方もない規模の古代の都市が埋もれているという古代史研究者もいますから、後々、人々を驚かせるような発見があることでしょう。

平成七（一九九五）年から同十（一九九八）年にかけ、大山の麓で約二千年前の弥生時代後期の妻木晩田《むきばんだ》遺跡が発掘されました。これは、島根県の東部の安来市あたりから広がる弥生時代後期の出雲国の中心地ともいわれるものです。建物跡が九百以上、墳丘墓が三十基以上、出土した鉄器が三百以上、その広さはそれまで最大規模といわれ、邪馬台国との関連が検討されている吉野ケ里遺跡の二・五倍、妻木晩田は名実ともに、これまで発見された日本最大の弥生遺跡です。安来市荒島の古代出雲王陵のある荒島古墳群の発掘調査は、ごく限られたもので、ここにも私たちが想像を絶する古代都市が地下に埋もれているという研究者もいるのです。

平成十二（二〇〇〇）年には出雲大社本殿前の地下から、宝治二（一二四八）年に造営された本殿を支えていたものといわれる、三本の柱材を束ねた直径三メートルの巨大な宇豆柱《うずばしら》の底部が出土しました。こうした考古学上の発見があって、千三百年前に著わされた『古事記』の出雲神話を空想の物語といっていた人も、今では、ある事実にもとづいたもので、山陰に大和に対抗する国があったというようになったのです。梅原猛さんはそのひとりです。『神々の流竄《るざん》』（昭和四十六〈一九七一〉年）は、『古事記』を架空の物語ととらえて書かれていましたが、『葬られた王朝――古代出雲の謎を解く』（平成二十二〈二〇一〇〉年）で、それを自ら批判します。そして、古くから日本の朝廷で語り継がれていた古物語《ふるものがたり》であるというのです。

吉野ケ里遺跡の二・五倍、ということから相当多くの人たちが暮していたと想像されます。それも食物があればこそでしょう。このあたりは、水利がよく、たやすく田圃に水を引くことができます。遺跡からは数多くの鉄器が出土しています。農耕にも鉄器が使用されているのです。宍道湖畔には松尾神社があり、酒の神様として知られています。米を醸造に使ったのは、この出雲国が最初なのです。それほどの米が収穫されたことの証しといっていいでしょう。それにしても一粒の籾から三千の米粒がもたらされる。米を主食に選んだ先人の叡知には、感心します。

鉄器の使用は、半島から、製鉄技術を持った人たちが渡って来て、住みつき、島根の山里で、製鉄「たたら」を始めたからです。この地には、特有の気候があり、一週間に一度、必ずといっていい前線が通過し、雨が降るのです。これにより山々の樹々は育ち、製鉄に使用する火力の炭を作る木には不足しないのです。

その豊かな国が終焉を迎えます。国を治めていた大国主命《おおくにぬしのみこと》のもとに外敵が攻め入ります。『古事記』にそっていえば、高天原《たかまがはら》の天照大神《あまてらすおおみかみ》は、地上世界である豊葦原《とよあしはら》の瑞穂国《みずほのくに》は我が子の天忍穂耳命《あめのおしほみみのみこと》が治めるべき場所であると、度重ねて使者を送ります。彼らは大国主命に手なづけられてしまいます。それではと、強大な武力を持つ神といわれる武甕槌神《たけみかづちのかみ》と天を飛ぶ天鳥船神《あめのとりふねのかみ》がやって来ます。そして、稲佐の浜に降り立つと、波に剣の柄を立て、切っ先にあぐらをかき、大国主命に国を譲るように迫ります。

大国主命は、自分の一存では返事ができないと、美保埼で漁をしている我が子の事代主命《ことしろぬしのみこと》に判断をまかせました。事代主命は大国主命に国の譲渡を勧めると、乗ってきた船を踏み傾け、手打ちをしました。すると船はたちまち青い紫の垣根に変わり、事代主命はその中に隠れて再び姿を現わすことはありませんでした。この「手打ち」について、『古事記』にある「天の逆手」を「あめのさかて」と読み、呪術的作法で打った「のろいの拍手」と受けとめるのが通説ですが、美保関の人々は「あめのむかえで」と読んで、事代主命の恭順忠誠な神業を大切に思っています。美保関に在住の三代暢實さんは、このことを『古代この国のかたち』という書物の中にくわしく記しています。話を進めましょう。事代主命の弟建御名方神《たけみなかたのかみ》は、兄とは考えを異にして国譲りに反対しました。しかし、武甕槌神との力競べに負け諏訪《すわ》湖まで逃げて降伏してしまいました。そして再び武甕槌神は大国主命に国譲りについて問うと、大国主命は自分の住まいとして立派な神殿を建ててもらうことと引き換えに、国譲りを承諾しました。その神殿が出雲大社の始まりだともいわれています。

　神話は、史実そのままを伝えるものではありません。ある事実を、後世に伝えるに、わかりやすい語りの形「物語」にして、語り継ぐうちに、いろいろな要素が加味されていったことでしょう。もともとは、出雲が戦いを挑まれて起きた一連の出来事の上に成り立っているといって間違いはないでしょう。事代主命と大国主命の考えは尊びながらも、敗北の事実は深く人々の心に刻まれて、以後、この地の人々の考え方、行動する時の姿勢に影をおとします。とはいうも、精神において、ここにはしたたかな優越意識があるようです。これを「勝ちを譲る」といい、当地では、しばしば「敗けて勝つ」との言葉を聞きます。それにつけても、この一連のやりとりを、どのようにとらえるか。事代主命の考えには、伝わってくる国を取り巻くさまざまな状勢、特に半島との関係が判断を下す時に考慮されたのではないでしょうか。国内で争いごとをするのが賢いことであると思えなかったのではないか。こうしたことをふまえての決断に、『古事記』では、ひとつのみごとな人間の叡智の物語が生みだされたと私は思うのです。よって、千年を経ても読むに価値ある文学作品ともなり得たのです。

この「国譲り」を、美保神社では「青柴垣神事《あおふしがきしんじ》」「諸手船神事《もろたぶねしんじ》」の形として今日に伝えています。それにしても、戦いを挑む相手に、戦わず国を譲り平和を選んだ、「和譲」の精神を示した民族は、人類史にこの出雲以外に例がないでしょう。出雲大社神楽殿には美智子皇后が皇太子妃の頃に詠まれた和歌が掲げられています。

「国譲り祀《まつ》られましし大神の奇しき御業を偲びて止まず」

貴い、比類のない高邁な精神に触れた素直な感動です。

ラフカディオ・ハーンはバジル・ホール・チェンバレンが訳した『古事記』を読み、日本へ、松江へと旅をして、明治二十三（一八九〇）年八月三十日、到着します。着くと九月十三日には他あらぬ出雲大社へと赴くハーンは、こうしたところに感心したのではないかと思います。宍道湖を船で渡りますが、船のエンジン音を「コト　シロ　ヌシ　ノ　カミ　オオ　クニ　ヌシノカミ」と聞くほどに、この神々への憧憬と触合いへの希求は強かったと思われます。こういう姿勢、関心の示し方を見て、当時の千家尊紀《たかのり》宮司は、ハーンを本殿に上げ、参拝の機会を与えたのだと思います。こうして、日本と日本人への理解を深めていきます。また、夜店の手づくりの玩具を見て、その美的感覚にも感心するのです。

ハーンは、日本に関する十数冊の本を書きました。それらは、日本人の美徳、精神から受けた感動を、欧米の人に伝えようとしたものです。

実際それを読み、日本への渡航を思い立った人たちがいます。陶藝家で、後に日本民藝の運動に力を注ぐバーナード・リーチがその一人です。ロンドン美術学校で出会った留学生の高村光太郎の案内もあったようです。また、アメリカ人ボナー・フェラーズという人も。この人はアメリカに留学していた日本女性渡辺ゆりからハーンの著作を読むようにすすめられます。そして、感動を受け、日本人の素晴らしさを知ろう、学ぼうとするのです。

このボナー・フェラーズはアメリカ占領軍のマッカーサーの副官として日本に来ます。そして、小泉家の人々を捜し、援助の手を差しのべるのです。これを「美徳の報恩」といっていいでしょう。書物が人を動かす、まさに文の力です。

『古事記』を縁に、「神々の国の首都」松江に来たラフカディオ・ハーンが見たもの、知ったもの、感じたものは、「和譲」に象徴される日本人の大きな「人間の徳」でした。

大国主命は「国譲り」の条件に、幽界、すなわちあの世に隠退するために高くそびえる高殿に住まわせて欲しいといいます。地上のことは天照大神とその子に譲り目に見えない心の世界、また後の世をまかせていただく、という取り引きをしたとも考えられます。人の命は限りがあります。後の世でどうなるかを気にしない者はいないでしょう。大国主命と出雲は、やはり「敗けて勝った」のかも知れません。ともあれ、望みは叶えられ、建てられたのが出雲大社です。現在の神殿の高さは二十四メートルですが、平安時代の源為憲《ためのり》が天禄元（九七〇）年に著わした『口遊《くちずさみ》』には奈良東大寺の大仏殿よりも高く、四十八メートル以上はあったと記述されています。

出雲大社の本殿は国宝に指定されていますが、いまひとつ松江市大庭町にある神魂《かもす》神社も国宝指定を受けています。古代出雲のそもその中心地であるこの地に、以前あった神殿を、天正十一（一五八三）年に再建したものです。この最古の大社造りの神殿は、風雪に耐え、長年人々に尊ばれた神社としての崇高さがあります。これほどの神社でありながら、『延喜式』にも『出雲国風土記』にも記載がないのは、出雲国造家と係りが深く、古くは国造家の私斎場的性格を持つ社《やしろ》であったからといわれています。大社の本殿の天井に描かれている雲は「八雲」のはずですが、雲の数は七つ。一方、神魂神社本殿の天井には九つの雲が描かれています。この理由は、誰も知りません。神様の秘密、「神秘」です。

菅原道真と武蔵坊弁慶

平安時代の人、菅原道真は、都から出雲国庁に来た役人の菅原是善《これよし》と、この地の女性の間に生まれた子であるといわれています。菅原氏の先祖が相撲の創始者である野見宿彌《のみのすくね》ということで、是善が、今も松江市宍道町にある墓所を訪れたことから、このいい伝えは始まります。野見宿彌は垂仁七年、当麻蹶速《たいまのけはや》との天覧相撲での勝者です。試合に出る前に力をつけるために、トレーニングに使った石が神魂神社近くにあると伝えられています。なお、野見宿彌は、皇后の死に際し、殉死のかわりに陵墓に埴輪を立てることを進言して、土師氏の姓を賜ったといわれています。人の命を大切に思う気持を示す逸話として、今に語り継がれています。

同じ平安時代、大山の中腹にある大山寺と出雲市平田の鰐淵寺《がくえんじ》は、日本有数の霊場で、鰐淵寺には大勢の学僧が大山寺には三千の僧兵がいました。この二つの寺で武蔵坊弁慶は修行したといい伝えられています。弁慶は松江の生まれとの説もあるのです。

なぜ、優柔不断なのか

美保関には、承久三（一二二一）年の、いわゆる「承久の変」で鎌倉幕府に敗れた後鳥羽上皇が隠岐《おき》に流されるとき、風待ちのために、数日間、行在所《あんざいしょ》が置かれました。同じく鎌倉幕府倒幕に立ち上がった後醍醐天皇も失敗に終わり、元弘二（一三三二）年、同様に隠岐に流されますが、このときも美保関に、旬日、行在所が置かれました。「仮御所《かりみや》」が二度も置かれた港町は他にはないと思います。今も、美保関には、短い期間ながら住まわれた屋敷があり、江戸時代に建て直しをされていますが、特有の雰囲気が漂っています。裏庭からは秘密の脱出穴があるのは、絶えず身の危険を感じていたからでしょう。

後鳥羽上皇は十九年もの間、京への帰還の日を待ち続けながら、それは叶うことなく、隠岐で崩御しましたが、後醍醐天皇は次の元弘三（一三三三）年に島を脱出します。隠岐に行き、その現場に立つと、その気力、勇気がどれほどのものであったか、想像を超えます。後醍醐天皇は、島根半島の二つの浦で追い払われて、上陸させてもらえませんでした。その頃、出雲の守護だった塩冶高貞《えんやたかさだ》は迷います。後醍醐天皇を捕えて隠岐にもどし、幕府から褒美をもらうか、後醍醐天皇を奉じ倒幕の旗をあげるか。塩冶高貞は、何もできず、ひたすら去って行くのを願います。あくまでも慎重なのです。隠岐守護の佐々木清高は、天皇を追ってきて、塩冶高貞に協力を求めますが、これにも応じない。形勢をうかがい、態度を明確にしないのです。出雲弁には語尾に特徴があって、肯定とも否定とも取れる、曖昧な話し方になるのです。塩冶高貞の言葉に、佐々木清高は振り回されたのではないか、これは容易に想像されるところです。

後醍醐天皇は隠岐を脱出して四日目、伯耆の名和《なわ》の浦にたどり着きます。援けを求められた土地の豪族名和長年《ながとし》は、悩みはしたでしょうが、決断は早く、後醍醐天皇を擁して船上山《せんじょうさん》に兵をあげます。この段になっても塩冶高貞は様子をうかがい続けます。そして、後醍醐天皇勝利を知ると、ここでやっと船上山に馳せ参じるのです。あくまでも慎重、決して一番手に立たない。これは今日の出雲人に通じる性格です。これを用心深い振る舞いとみるか、優柔不断な態度とみるか。

明治三十二（一八九九）年に、簸川中学校の教師となった大町桂月は、後に「出雲雑感」（明治三十四（一九〇一）年刊の『一蓑一笠』に収録）で、教室の生徒たちに寄せて、出雲人の特徴を書き、「義に勇む侠骨なし」としていますが、塩冶高貞の態度と重なるのです。慎重すぎる、というより臆病になるのも敗北した経験を持つからでしょう。よって、何ごとにつけても後塵を拝することになるのです。このあたりの出雲の人の微妙な身の処し方、何ゆえそのような態度をとるのか、などを出雲の地に生を受けた者として、民族の歴史をふまえ、自らを俯分けするように書いたのが、藤岡大拙さんの『出雲人』です。出雲理解のために読むことをおすすめしたい本です。

城を見て育つ

戦国時代のこの地は、尼子《あまこ》氏が治め、次は毛利氏に変《かわ》り、関ヶ原の戦いの後は、堀尾氏が、出雲と隠岐二十四万石の太守となり入国します。堀尾氏は、最初、鎌倉時代以来、出雲の政治や文化の中心であった広瀬の富田《とだ》城に入りますが、戦略的価値の少なくなった山城である上に、出雲と隠岐を統治するには不便と、富田城に見切りをつけ、松江に城を築いて移ります。四百年ほど前のことです。これを堀尾家、京極家、そして松平家が居城とします。

四百年ほど前、堀尾吉晴の築いた五重六階構造の望楼型天守は、織田信長の安土城、豊臣秀吉の大坂城と同じ様式で、正統な天守の形を受け継いでいます。前の二つの城が、消滅している今日では、貴重な歴史的遺産です。現在の大阪城は復元したものですから、これは論外として、唯一現存する松江城は、一階と二階が黒、三階の中央部の入母屋破風が白という配色です。黒く見えるのは、墨を塗った板で覆ってあるためです。白い漆喰《しっくい》壁は雨がかかるたびに剥げ、二十年に一度は塗り替えなければなりませんが、板壁は百年近く保ちます。漆喰壁の使用を最少限にとどめているのは、堀尾吉晴が見栄をはらずに経済性を考えたからといっていいでしょう。その分、民の税負担は軽減されます。また、松江城天守は日本最大級の規模ですが、大坂城に比べ、桁行《けたゆき》、梁間《はりま》ともに一間少ないのです。これは、家臣としてつかえた豊臣家への堀尾吉晴の思い、美徳でしょう。

近頃、この松江城の大がかりな調査研究がされています。築城にあたっての建材を調べてみると「富」と書かれたものがあるのです。富田城を解き、運んできて利用したとみえます。廃物利用ということですが、生木《なまき》を使うより、この方が速《すみ》やかな築城には合理的です。

この城を、幼少の頃から仰ぎ見て松江の人は育ちます。親は子へ、子は孫へと城の物語を語り聞かせます。松江の人たちの生活観、処世観は、こうして培《つちか》われていきました。質素、堅実、ある種の合理主義、人を慮《おもんぱか》る控えめな性格は、先に記したような慎重な出雲人の性格にさらに一層、加味されていきました。

「おんぼらとして」の表情

そうした出雲の人たちの表情を、ハーンは教室の生徒の顔に見て取って、『日本瞥見記』に収められている「英語教師の日記から」の中で綴っています。

「日本のクラスで目の前の生徒の列を見渡す時の第一印象は不思議なまでに快い感触である。経験不足の西洋人にとってそこに見える顔にはなに一つ見訓《みな》れたものがあるわけではない。それなのにそこにいるすべての生徒に共通しているなにかはなんともいえぬ心地《ここち》よいなにかなのだ。そうした顔立《かおだち》には鋭さとか力強さとかいったものはない。西洋人の顔に比べると日本の生徒たちの顔は輪郭《りんかく》がおだやかで『半ばスケッチされた』だけのように見える。いかにも攻撃的な面構《つらがま》えもなければはにかんだ顔もなく、異常な自己主張もなければ同情ある思いやりもなく、求知心《きゅうちしん》のかたまりといった顔もなければ徹底した無関心もない。もう一人前になった若者ではあるが、日本の生徒のあるものの顔は子供らしいさわやかさとなんともいえぬ率直《そっちょく》さとを持っている。ある者の顔は全然面白くもないが他の者の顔は魅惑的である。何人かの者は美しい女のような顔立《かおだち》をしている。だが全員にひとしく共通していえる特徴は、仏像の夢みるようなおだやかさ――あの愛《あい》も憎《にく》しみもなにも示さず、わずかに心の静謐《せいひつ》のみを示すあの特別なおだやかさである。」(平川祐弘氏訳)

この穏かさ、温和で心和む表情が、松江を中心とした出雲の地域の人々の今日の素顔にもあるのです。こうした表情、心情を、この地では、「おんぼらとして」といいます。それは争いごとを嫌う、神話の時代からの歴史がもたらしたものといっていいかも知れません。ここに喪われた日本人の心と貌を見る思いがするのです。

日本の原風景

出雲の国の人々の生き方、暮し方がうかがえる建造物をいまひとつ紹介します。出雲市知井宮の「出雲民芸館」です。展示館にある古くからの庶民の道具類を見て、藍木綿《あいもめん》の筒描《つつが》きを目にしたあとで、館主山本氏の母屋に対峙します。それはいささかの無駄もない、飾りもせず、すべてが直線で構成された、力強く、質素で簡潔な姿です。虚飾をいましめ、趣味的な改造など一切しないで、百数十年家を守り抜く山本家の人々の志もさることながら、この維持管理ができる大工、左官、石工たちが、今日もなお、この地にいるということ、これこそ、この地の底力です。大量生産、大量消費の経済とはまったく無縁の生活哲学がここにあります。これを見ると、ここには「もうひとつの日本」があるように思えてなりません。かつてラフカディオ・ハーンも思ったように、今日、外国人記者が書いた日本紹介の中に、松江をそしてこの出雲の地域を「リアル・ジャパン（ほんとうの日本）」と表現しているのを見たことがあります。忘れられた「日本の原風景」が、ここには残っているのです。

神はいつも側にいる

天照大神《あまてらすおおみかみ》の弟で高天原から葦原中国《あしはらなかつくに》に追放された素戔嗚尊《すさのをのみこと》は、斐伊川のほとり鳥髪の地に降りました。奥出雲町の船通山《せんつうざん》あたりでしょうか。そこからさらに奥へ行くと、老夫婦（夫は脚摩乳《あしなづち》、妻は手摩乳《てなづち》）が娘（奇稲田姫《くしなだひめ》）を中にして泣いています。七人の娘が毎年、八岐大蛇《やまたのおろち》に食べられ、残る一人の奇稲田姫も、間もなく食べられてしまうというのです。大蛇は一つの胴体に頭と尾が八つずつあり、尾の長さは谷八つ、峰八つを渡るほどだといいます。そこで、素戔嗚尊は奇稲田姫を妻にする約束を老夫婦と交わし、大蛇を退治することにしました。老夫婦に造らせた濃い酒を、八岐大蛇に飲ませ、大蛇が酔って寝入ったところを切り殺します。その時、尾の中から出てきた太刀が、草薙《くさなぎ》の剣で、尊は天照大神にこのことを報告、太刀を献上したのです。

『古事記』『日本書紀』に載る神話です。また、新居をかまえ、素戔嗚尊が奇稲田姫を迎える時に歌った「八雲立つ　出雲八重垣　妻ごみに　八重垣作る　その八重垣を」が、日本の詩歌、すなわち日本の文藝の始まりともなります。

大蛇退治に使った「八しおの酒」を作った雲南市木次《きすき》町の室山《むろやま》を、この地の人々は神のいる山として仰いでいます。主祭神は素戔嗚尊と奇稲田姫ですが、古くから本殿はなく山全体を

「御室山」(通称「室山さん」)と呼び、ご神体として崇拝しているのです。また、新居の建てられた地は、同市大東町の須我神社によって護られています。

この地では神楽が奉納されます。佐陀神能を源流とする出雲神楽、大元《おおもと》神楽を源とする石見神楽の二つの流れがあります。佐陀神能は、能の要素も取り入れた典雅な舞い、石見神楽は、以前は六調子でしたが、明治初期に石州和紙で作られた軽い面にかわったことにより、八調子を取り入れ、勇壮な激しい舞いを演じています。出雲神楽、石見神楽、いずれの演目に、この「八岐大蛇」の神話はもとより、『古事記』『日本書紀』の神話が取り入れられています。夜毎、どこかで神楽が奉納され、この地で暮すものたちには「神はいつも側にいる」のです。

参考文献
『古代この国のかたち』三代暢實(ハーベスト出版)
『出雲人』藤岡大拙(ハーベスト出版)

あとがき

私たちの国の始まりを物語る日本最古の歴史書『古事記』が編纂されて千三百年になります。三巻で構成されている、その上巻・神代篇の三分の一は古代出雲関連の神話で占められています。この神話の舞台となった島根には、そうした神々の時代から受け継がれた、豊かな自然、伝統、人の心がいまも息づいています。ラフカディオ・ハーンが、佳き日本の面影をこの地に見たのも頷けます。ハーンも日本に来る前に『古事記』を読んでいたのです。

これまで『古事記』は、時代時代の価値観で読み替えられて来ました。国家の精神的支柱になったこともありました。しかし、今日、学問の独立と進歩、また神話を裏付ける遺跡の発見で、多くの人が歴史書として読むようになりました。そして、その豊かな内容、高邁な精神、「国譲りの神話」ひとつをみても、今日の私たちが、生き方を考える上で、示唆に富む叡智のあることがわかります。

この国の成り立ちと出雲との係わりを考えるとき、かつて出雲という大和と並ぶもうひとつの国があったこと、そここそ私たち日本人の深い心情の原郷であることをたずねあてることとなりました。

早稲田大学オープンカレッジでは、平成二十二（二〇一〇）年秋に「神々の国の首都・松江と小泉八雲」、同二十四（二〇一二）年春に「『古事記』と小泉八雲から日本の原風景をたどる」の二講座を早稲田大学国際言語文化研究所の協力のもと松江市・社団法人松江観光協会と神々の国しまね実行委員会の提携講座として開き、日本人の原郷出雲への理解を深めていきました。その中から、十一篇を収める『「古事記」と小泉八雲』を編みました。『古事記』を、小泉八雲（ラフカディオ・ハーン）を通してみることで、その内容の深さが知れ、小泉八雲を、『古事記』を介してうかがうことで、その特性が一層鮮明になっているかと思います。講師は松江およびその周辺に住み、また、東京にあっても、たびたびこの地を訪れている方々、説得力ある実感にもとづく表現のゆえんです。

なお、文中の神々の呼称と表記は、講師それぞれが幼少の頃から慣れ親しんだ、固有の深い思いのあるものとして、そのままとしました。読者のみなさまの、ご理解をお願いします。

平成二十五（二〇一三）年　春

高橋一清

著者略歴

藤岡大拙（ふじおか　だいせつ）
ＮＰＯ法人出雲学研究所理事長、荒神谷博物館館長。『神々と歩く出雲神話』（出雲学研究所編）『出雲人』（ハーベスト出版）

岡野弘彦（おかの　ひろひこ）
国文学者、歌人、國學院大學名誉教授、日本芸術院会員。『折口信夫全集』（中央公論社）『美しく愛しき日本』（角川学芸出版）

阿刀田高（あとうだ　たかし）
作家。『源氏物語を知っていますか』（新潮社）『闇彦』（新潮社）『楽しい古事記』（角川文庫）

真住貴子（ますみ　たかこ）
文化庁文化部芸術文化調査官。東京藝術大学大学院修士課程修了。島根県立美術館学芸員、島根県立立石見美術館学芸グループ課長を経て現職。

池田雅之（いけだ　まさゆき）
＊奥付に記載

小泉凡（こいずみ　ぼん）
島根県立大学短期大学部教授、小泉八雲記念館顧問、焼津小泉八雲記念館名誉館長。『民族学者・小泉八雲』（恒文社）『文学アルバム小泉八雲』共著（恒文社）

瀧音能之（たきおと　よしゆき）
駒澤大学文学部教授。『古代出雲の社会と交流』（おうふう）
『出雲国風土記と古代日本』（雄山閣出版）

牧野陽子（まきの　ようこ）
成城大学教授。『ラフカディオ・ハーンー異文化体験の果てに』（中央公論新書）
『時をつなぐ言葉―ラフカディオ・ハーンの再話文学』（新曜社）

錦田剛志（にしきだ　つよし）
島根県神社庁参事、万九千神社宮司。『古代出雲大社の祭儀と神殿』（学生社）、
『山陰の神々―古社を訪ねて』（今井出版）

横山宏充（よこやま　ひろみつ）
国学院大学卒業後、鶴岡八幡宮を経て現在美保神社禰宜。

高橋一清（たかはし　かずきよ）
＊奥付に記載

池田雅之（いけだ　まさゆき）

早稲田大学社会科学総合学術院教授。同国際言語文化研究所所長。比較基層文化論、比較文学専攻。NPO法人 鎌倉てらこや理事長。その社会貢献活動に対して、2007年、文部科学大臣奨励賞ならびに博報償を受賞。2011年、正力松太郎賞を受賞。著作に『ラフカディオ・ハーンの日本』（角川選書）、『循環と共生のコスモロジー』（成文堂）他。翻訳には『新編 日本の面影』、『新編 日本の怪談』（角川ソフィア文庫）『キャッツ』（ちくま文庫）他多数。

高橋一清（たかはし　かずきよ）

松江観光協会観光文化プロデューサー。島根県芸術文化センター・センター協議会議長。元文藝春秋編集者として、「別冊文藝春秋」、「文春文庫」、「私たちが生きた20世紀」、「文藝春秋臨時増刊」の編集長をつとめる。その間、日本文学振興会の理事、事務局長として芥川賞、直木賞などの運営にあたる。著作に『あなたも作家になれる』(KKベストセラーズ)、『編集者魂』(青志社、集英社文庫)、『作家魂に触れた』(青志社)。編著に『松江観光事典』『和の心　日本の美　松江』『松江特集』などがある。

早稲田大学国際言語文化研究所
松江市　社団法人松江観光協会　神々の国しまね実行委員会

日本人の原風景Ⅰ
古事記と小泉八雲

編著者　池田雅之
　　　　高橋一清
発行者　伊藤玄二郎
発行所　かまくら春秋社
　　　　鎌倉市小町二―一四―七
　　　　電話〇四六七(二五)二八六四
印刷所　ケイアール

平成二十五年三月三十一日　発行

ISBN978-4-7740-0591-1 C0095